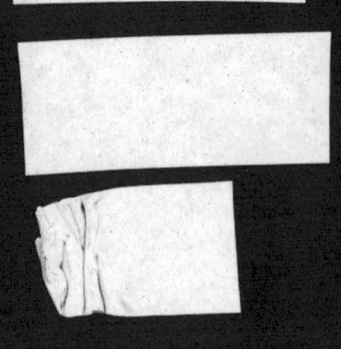

SINA
Copyright © Márcio Benjamin, 2022
Todos os direitos reservados.

Ilustrações © Shiko, 2022

Diretor Editorial
Christiano Menezes

Diretor Comercial
Chico de Assis

Diretor de MKT e Operações
Mike Ribera

Diretora de Estratégia Editorial
Raquel Moritz

Gerente de Marca
Arthur Moraes

Gerente Editorial
Bruno Dorigatti

Editores
Cesar Bravo
Lielson Zeni

Capa e Projeto Gráfico
Retina 78

Coordenador de Arte
Eldon Oliveira

Coordenador de Diagramação
Sergio Chaves

Designer Assistente
Jefferson Cortinove

Finalização
Sandro Tagliamento

Preparação
Retina Conteúdo

Revisão
Jéssica Gabrielle de Lima
Retina Conteúdo

Impressão e Acabamento
Leograf

DADOS INTERNACIONAIS DE CATALOGAÇÃO NA PUBLICAÇÃO (CIP)
Jéssica de Oliveira Molinari — CRB-8/9852

Benjamin, Márcio
Sina / Márcio Benjamin ; ilustrações de Shiko. — Rio de
Janeiro : DarkSide Books, 2022.
224 p. il

ISBN 978-65-5598-238-1

1. Ficção brasileira 2. Horror I. Título

22-3243   CDD B869.3

Índices para catálogo sistemático:
1. Ficção brasileira

[2022]
Todos os direitos desta edição reservados à
 ***DarkSide*® **Entretenimento LTDA.*
Rua General Roca, 935/504 — Tijuca
20521-071 — Rio de Janeiro — RJ — Brasil
www.darksidebooks.com

MÁRCIO BENJAMIN

SINA

Ilustrações
SHIKO

DARKSIDE

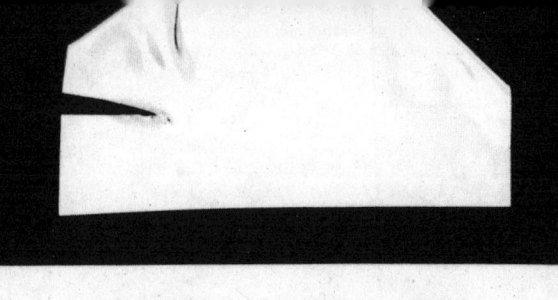

*Dedico esse livro à memória
dos meus pais, Eugênio e Lourdinha,
que me ensinaram a importância
das histórias e o amor pelo sertão*

MÁRCIO BENJAMIN

SINA

A DERRADEIRA HISTÓRIA DE TRANCOSO

Atirei na moreninha, baleei o meu amor
Três ceguinhas

Cansada da peleja com o sol lancinante lhe moendo o quengo, a caminhonete velha resfolegou e parou bem ali, mermo em frente aquele nada sem fim.

— Descanse em paz, minha véia! — o homem disse, com as mãos encostadas na lataria enferrujada. — Muito grato pelo bom combate. Que Deus a tenha — murmurou, mais pra si.

Com o casaco colorido pingando, colado no corpo, Zé Trancoso estalou as costas doloridas e lhe restou ficar parado, observando o veículo engasgar, bufar e finalmente morrer, sem poder fazer era nada.

Colocou as mãos nos quartos e estirou o olhar o mais longe que podia, enquanto sentia o coração apertar e os olhos bem dizer se molharem. Uma solidão medonha.

— Agora danou-se, o caba vai ficando velho e besta. Nam! — justificou pra ninguém.

Tirou um lenço manchado do bolso e limpou o rosto, olhando pra os arredores sozinhos.

— Mais um fim de mundo — disse pra si.

Abriu o cantil e sacudiu em cima da boca, quase torcendo em busca de um último gole d'água.

Vazio.

Suspirou fundo, esfregou sem sentir a garrafa se lembrando de uma das histórias de seu avô. Aquela que falava do homem que encontrava no deserto uma lâmpada mágica.

Deserto era como, será? Decerto parecido com aquela ruma de areia e pedra, mas era certeza que lhe faltava o mato firme, espinhento, decidido igual a menino ruim, que bastava uma chuvinha que fosse, renascia verde.

Igual a ele. Quase igual.

Será?

* * *

Zé se perdeu um minuto nas pinturas da caminhonete velha, onde lia o que sobrava das letras coloridas montando o seu "Circo Trancoso". Nostálgico, quis ter tido mais tempo pra conhecer aquela gente toda lá retratada com tanto cuidado pelo palhaço pintor, meio bebo, meio cego: o mágico cheio de ciúme, o leão que não dispensava um gato. Quis ter tido mais tempo pra conhecer a moça bonita que rodopiava pendurada nas cordas como quem tivesse nascido em cima delas.

Um circo, bem dizer.

Quase.

Meu Deus, eram tudim o mesmo, tudim no mesmo. A tenda velha, encardida. A mesma pouca gente pra ver. Pobre. O mesmo cheiro de bosta de cavalo, de maçã do amor, de cachaça. A mesma zuada de música da moda; o mesmo trabalho, outros trabalhos. De primeiro, o faz tudo, depois, um pouco de tudo.

Foi palhaço, mulher do palhaço, mágico. De quantas nacionalidades? Nem se lembra mais. Rebolou faca, tentou o globo da morte, mas quase quem passava dessa pra melhor era ele.

Nunca teve lá muita destreza, muito jeito com as mungangas de malabarismo. Parou de contar os ossos quebrados quando não cabiam mais nos dedos das mãos. Levou dentada de leão e mãozada de macaco.

Mas tinha muito jeito pra apresentar, isso sim. Desde sempre um amor cego por contar história como quem divide um pouco de si.

Mas não era isso, afinal?

De resto ficou marcado no peito o olhar daquela gente, como quem diz, me tire daqui, Seu Moço!

Só por hoje faça de conta que a vida é isso.

Ora, uma ruma de morto de fome com aquela chaga no peito que era ter nascido artista numa cidade também morta.

— E agora, Trancoso? Pra onde?

Esgotado, procurou se esconder na peinha da sombra que a caminhonete fazia. E viu.

Mais à frente, a entrada de alguma coisa. Daquela distância distinguia direito não.

Mas tava ali fazia quanto tempo?

O coração, transpassado, avisou.

Como ele não viu? Se...

Cuidado.

Quem disse?

Zé esfregou e arregalou os olhos, pedindo até pelo amor de Deus pra não ter endoidado finalmente.

Ou morrido.

Morrer era como?

Seria aquilo?

Eram três.

Três mulheres, bem em frente à entrada de algo parecido com a porteira de uma cidade. Um povoado, a bem da verdade.

Zé abriu a boca pra agradecer, mas acabou foi se benzendo, que a loucura rondava próxima.

Como é que ele não viu se andava ali do lado? Se agorinha veio de cima de uma caminhonete?

Mas fome e sede não esperam, e o homem apertou o terço do pescoço e o passo, pra perto das mulheres.

Se tinha povoado, tinha gente, e ainda melhor sendo menor, porque quanto mais pequena a cidade, mais o povo tem fome de arte. Mesmo sem saber.

Aperreado que tava, era como um sonho ao contrário e cada passo lhe vinha valendo por dois, tais quais as bota de sete léguas das histórias que costumava ouvir de seu avô, na beira da fogueira, de fazenda em fazenda, enquanto recolhia o dinheiro e ajudava o povo a debulhar o milho.

Perdido nas lembranças, assustou-se ao se ver mermo aos pés das senhoras.

Eram três, como disse. Sentadas em tamboretes improvisados, no meio da entrada pro povoado.

Bem dizer no meio do tempo, do mormaço.

Usando vestidos simples, de chita colorida, penteadas como se tivessem acabado de sair de um banho, recendiam a um leve aroma de lavanda que, se acalmou um pouco o coração de Zé, também lhe escavou o juízo: era verdade aquilo?

Mas ainda havia algo diferente, as mulheres sorriam pra si, cochichavam baixo, o bodejado de uma completando o da outra, enquanto brincavam com os ganzás que imitavam uma leve zuada de chuva, de cobra.

A vista baixa, sem procurar muito o olhar de cada. Sim.

As mulheres não enxergavam não.

Mas souberam, com seus olhos baços, cravar Zé bem na bola da vista, como fosse a mira de um tiro.

— Forasteiro — disse uma pela boca da outra.

Zé, tão falante, ali perdeu foi a língua dentro da boca. Como era possível aquilo?

Ainda pensou em correr, mas cadê perna?

Mas teve jeito não, já era homem feito e precisava seguir em frente. Pediu ajuda de Nossa Senhora e tomou coragem.

— Sou forasteiro sim, minhas senhoras, mas careço só de um pouco de água e comida. Se possível, algum pé de parede pra descansar hoje; amanhã, com fé em Deus, conserto a caminhonete e tomo meu rumo muito agradecido.

— Zé Trancoso — respondeu a outra, como se a fala andasse era esparramada pelas serras que lhe arrodiavam, como se a própria pedra lhe tivesse feito a pergunta.

E será que não tinha?

Ali foi demais até pra ele, homem experimentado que era; passado na manteiga de assombração e estrada.

— As senhoras vão me desculpando, mas... eu tô morto? — perguntou, com uma tremida na voz.

Uma delas lhe sorriu um riso misterioso.

— Dali pra frente tem o que ver não, forasteiro. Pegue seu rumo de volta. Ainda não é hora.

Zé suspirou e tentou se apegar ao restinho de realidade.

— Posso não, minha cumade. E desde já lhe peço desculpas, mas o carro ali tá mais sedento que eu. Já arriou os quatro pneu pra esse sol na moleira — esclareceu. — Só um par de noites, é do que eu preciso. Além do mais...

Um circo?

Zé Trancoso arrepiou-se com a voz vinda do nada bem pra lhe assoprar no ouvido. E umas das irmãs gargalhou — o que era bem mais assustador.

— E tu faz o quê no circo? O que tem tanto nesse picadeiro? — perguntou a mais velha, pela boca desdentada da mais nova, em tom de deboche.

Zé Trancoso, acostumado aos desafios do público, não se fez de rogado.

— O circo mesmo tinha de um tudo, Dona Moça. Era meu esse. Mas foi se perdendo pelo meio do caminho. O leão morreu de fome logo no começo da jornada, a trapezista, bonita que só céu cinzento de inverno, dizem que de doença da vida, depois de fugir por amor e virar puta por precisão. O mágico endoidou bem no meio de uma apresentação. O palhaço, de gripe, também se foi. Aí restou eu, que fiquei pra fazer o que eu sei. Só o que eu sei, que é contar história. Acabei aqui atrás de gente pra ouvir.

— História? — perguntaram as três ao mesmo tempo, arregalando os olhos mortos.

— E apois? O nome Trancoso não é por acaso, herança do meu falecido avô, que desde sempre me enchia as oiça com tudo de mais lindo que andou acontecendo por esse mundo de meu Deus. E muitas coisas ele mesmo acompanhou com os olhos que a Terra acabou foi por comer.

— Então vamos fazer um trato, forasteiro — disse a irmã do meio com sua boca mesmo. — Você conta uma história dessas. Agradando, daqui você passa pra dentro do povoado pra contar as suas histórias. Com sorte, consegue água e ajuda pro seu carro.

Zé Trancoso ainda pensou em calar a boca pra não fazer a pergunta, mas as palavras já tinham escorrido pra fora sem que ele percebesse.

— E não agradando?

As três trocaram um olhar cúmplice e cruel, que fez tremer ainda mais as pernas do forasteiro.

Se concentrando no que podia, se pegando a tudo quanto era santo do céu e da rua, Zé esticou o casaco colorido, ergueu o peito, empostou a voz e levou a cabeça pra dentro do circo imaginado.

— Respeitável público, eu sou Zé Trancoso e hoje vou contar quatro histórias, uma pra cada uma de vocês e outra pra minha falecida mãezinha, que tá no céu. Dramas que vão arrancar lágrimas dos corações mais sentimentais e arrepios de qualquer um que se aventure a ouvi-los. Justamente porque falam do maior amor que se tem notícia: o amor de mãe. E do que essa abençoada é capaz quando ameaçam o seu filho...

Já imerso no personagem, Zé não deixou de sorrir quando percebeu as irmãs se ajeitando nos tamboretes.

— A primeira, minhas donzelas, fala duma criancinha pagã e de sua mãe, perseguidas por uma...

MÁRCIO BENJAMIN

SINA

A MARIPOSA
NEGRA

— Ai, que esse menino não para de chorar, meu Jesus!

Era cedo ainda, nem bem o sol tinha baixado sobre a vila, desatou o menino a berrar. Já fazia mais de dois meses de nascido e nada de se aquietar. Seus pais, novos e inexperientes, já andavam quase a ponto de perder o juízo, ainda mais que a mãe agora perdera todas as estribeiras e passava a fazer coro com as lágrimas da criança.

Aquilo nera nada não além de preocupação. Magrinho e sofrido, o pequeno já definhava a olhos vistos, perdendo viço ao invés de ganhar, esticando-se todo com dores invisíveis, cercado de roxas melancolias espalhadas pela pele.

A mãe nova tinha ido sim ao posto, mas nada do doutor explicar o que se passava. Confuso, diagnosticou uma brumosa virose e mandou o menino pra casa, cercado de recomendações de repouso e muita água.

Mas como se repousa uma criança aflita, Doutor? Água, pra mal sem nome?

Era o que a mãe pensava, se balançado na cadeira com o infeliz no colo, quando esse enfim dormia, exausto de tanto chorar, rebelando-se contra o sofrimento invisível.

Com viagem ao santuário de Nossa Senhora Menina marcada pra semana que se aproximava, a mãe quis que pelo menos uma vez o pai deixasse o trabalho da capital e viesse correndo pra junto dela, mas, mesmo desesperada, sabia impossível. Como sustentar sozinha a casa, cuidando de marido e filho doente?

A sorte era a sogra. Mulher vivida e inteligente, parecia adivinhar as necessidades do neto. Seu aconchego, seu carinho, só não era maior do que o da mãe.

Mas mesmo com tanta experiência, nada do menino parar de chorar ou de sofrer, e a ida ao santuário se fazia cada vez mais urgente. Até que essa sogra, meio constrangida, mas tomada por uma necessidade que ia além dos caprichos mundanos, chamou-lhe pra uma conversa regada a café passado na hora.

— Sei nem por onde começar.

Mas começou.

E em pouco tempo, despejou sem qualquer vergonha a angústia que lhe tomava o coração.

A criança era vítima de bruxaria.

Assombrada demais pra dizer algo, a mãe parou a xícara rente à boca e não pôde sorrir. Não pôde sorrir, pois respondeu à avó da criança em um amargurado sermão.

Pouco tempo depois, contudo, acalmada pela experiência da senhora, ouviu o relato.

Dona Margarida. Morava sozinha na casa da fazenda abandonada.

Diz que talhava leite, arrepiava cães.

E sangrava crianças.

Sob o olhar assustado da mãe, a sogra explicava o desaparecimento de recém-nascidos nas redondezas.

— Diz que se alimenta dos Inocentes.

A mãe, assustada demais pra dizer algo, acabou por temer pela vida do seu primeiro. E único, segundo os médicos.

Em sua cabeça, um redemoinho de perguntas: como entrou aqui? Como levou o menino?

A sogra respondeu que não precisava entrar, a beleza do garoto exibido como um troféu na feira da cidade, nas festas de padroeira, era mais que suficiente para atiçar a gula da endemoniada.

A conversa terminou com a mãe aos prantos, pedindo pelo amor de Deus que a sogra lhe dissesse como resolver o problema.

Em resposta, a mãe do marido optou pela praticidade, e disse que o povoado, agora cheio de antenas parabólicas e caminhonetes importadas, nunca acreditaria em bruxas e demônios. Sugeriu, pelo bem da criança, que se arrumasse alguma história de sequestro de meninos, abusos. Quem sabe mortes em rituais satânicos? Mentindo não estariam, com certeza era tudo uma questão de qual criança tinha sido sacrificada.

Dito isso, a sogra levantou-se em direção ao quarto da criança, que, acordada, iniciou o seu martírio.

Angustiada, a mãe foi até o alpendre.

E viu.

Em frente à casa, de negro.

A criatura que pôs fim a sua vida.

Sem pensar atirou-se em disparada carreira em sua direção.

Sem saber como, guiada pela força do maior amor existente na Terra, perdeu-se entre matas e espinhos e estradas, e acabou no portão da fazenda, no portão da casa abandonada citada pela sogra.

Lá dentro encontrou um fogão de lenha, uma rede velha. E a senhora, agachada na beira da parede.

— Vim aqui pedir que a senhora deixe em paz o meu filho, em nome de Jesus.

A senhora nada respondeu, apenas mexeu em uma panela negra algo parecido com um chá, e lhe estendeu.

A mãe sentia que precisava beber.

E tomou um grande gole da bebida amarga.

E viu.

A sua casa, o seu povoado, há muitos anos. Viu a si mesma, na casa. Mas, seguindo a estranha lógica dos sonhos, sabia que não era. Era a senhora. Jovem como ela. De filho único nos braços. Uma criança gorda, linda como um raio de sol.

A senhora, então mãe inexperiente, guiada apenas por instintos, contou também com a ajuda de uma velha amiga.

Uma jovem mulher, que, sem filhos, gastava grande parte do seu tempo cuidando da criança.

Mas que não soube o que fazer quando o pequeno começou a definhar.

Uma amiga que foi a primeira a aparecer na porta da casa quando o pequeno caixão despontou em direção ao cemitério.

O marido não suportou e desapareceu. Diz que morreu na cidade em uma briga de bar.

Ela mesma ficou cada vez mais sozinha e acabou morando de favor na casa abandonada de uma fazenda, cada vez mais louca, criando fama de bruxa pelo que andava aprendendo com beberagens e adivinhações.

Mas foi por meio dessas adivinhações que descobriu a desesperadora verdade. O real interesse da amiga que surgira por acaso.

Uma pessoa que parecera não envelhecer nunca. Nem quando teve seu próprio filho, o qual se casou com a mãe do menino, hoje perseguido.

Perseguido por uma mariposa negra.

Uma criatura que precisava constantemente de sangue de Inocentes pra fazer-se mais jovem a cada ano, a cada década.

Uma infeliz que tinha se desfeito da sua alma há muito tempo.

Tudo fez sentido então.

A mãe viu a chegada do bicho de asas que lhe acompanhou desde a maternidade até em casa. Viu a estranha educação da sua sogra, pedindo-lhe licença pra entrar em qualquer lugar. Lembrou-se de apertar a mão esquerda ao ser apresentada, mesmo sabendo que não era canhota a senhora.

Levantou-se num susto e seguiu o mesmo caminho de volta.

Já na porta da casa, foi recebida pelos guinchos desesperados de seu filho.

Seguindo a orientação do chá da velha, dirigiu-se à cozinha, não sem antes pegar a blusinha do menino que jazia em cima da cadeira de balanço.

Catou o pilão, sujo de alho, e moeu alguns instantes a roupinha.

— Mas o que é isso, minha querida? O que danado você tá fazendo com esse pilão?

Foi o que o chá disse, era moer a peça de roupa que a danada aparecia.

— Pare com isso, vão pensar que você tá doida!

Decidida, a mãe mastigava com a madeira o tecido como quem esmaga a cabeça da endemoniada.

Aflita de repente, a senhora anunciou que ia embora. Já se fazia tarde e no outro dia precisariam ir à delegacia dar um jeito na velha.

Sem nada responder, a mãe apenas a deixou virar as costas e emborcou um tacho de cobre em cima da mesa da cozinha.

A sogra parou em frente à porta.

O chá também lhe disse. O cramulhão não conseguiria ir embora com o tacho virado.

— A senhora não ia embora?

De costas ainda, a mãe do marido calada ciscava, inconformada.

Antes de desvirar o tacho, a mãe apenas falou.

— Se vá.

— Mas, minha filha...

— E não volte.

Cheia da coragem que seu nome lhe emprestava, a mãe espantou a danada. E, tal qual um bom soldado, ficou em frente à porta recitando baixinho o conjuro que a velha ensinou.

Não demorou nem cinco minutos pra senhora se perder dentro da mata.

No céu escuro, apenas uma enorme mariposa voava, exausta.

* * *

No alpendre, o jovem casal sorria satisfeito. Os tempos de doença ficaram pra trás. Nos braços da mãe, o menino dormia tranquilo. Seria batizado afinal.

Em seu pescoço, um discreto escapulário recendia suavemente a alho.

— Tá tudo pronto? — perguntou o pai.

A mãe apenas balançou a cabeça e seguiu em direção à Igreja. Sentada no alpendre, estava a madrinha da criança; a velha, limpa e feliz, como não andava fazia era tempo. Talvez não tivesse conseguido salvar sua criança, mas aquela amante do Satanás não ia encostar um dedo em seu afilhado.

— É uma pena que mamãe não tenha podido vir. Adoeceu de repente. Ela ia gostar tanto.

As mulheres trocaram rápidos olhares.

— Mas depois da festa a gente dá uma passada lá pra mostrar o menino batizado.

Isso é o que você pensa. A sogra nunca ia se aproximar de uma criança batizada.

Foi o que as mulheres sabiam.

O que não sabiam, a bem da verdade, era que rezavam em ladainha o mesmo conjuro em suas cabeças, ao longo de todo o caminho até a Igreja.

Sete raios tem o sol, sete raios tem a lua,

Aquele bicho nunca mais toca no meu filho.

Salta demônio pro inferno que esta alma não é tua.

Nunca mais...

— *Nunca mais!* — *repetiu Zé Trancoso, de braços abertos pra entrada da cidade.*

Absortas, as três senhoras sequer fechavam as bocas. Os olhos inertes fixos, da forma que dava, no contador de histórias.

Zé sorriu. Aquele era o momento. A plateia estava entregue.

E como em uma boa pescaria, o homem começou a puxar a linha devagar.

— E por ser forte, esse amor de mãe, dizem, nunca se acaba. Nem mesmo quando a única certeza do mundo vem se atropelar pelo meio da vida...

MÁRCIO BENJAMIN

SINA

AÇUDE

Quando a agulha do angustiado bordado lhe entrou fundo no dedo, a mulher assombrou-se, levando-o à boca.

Quase onze. Nada do menino.

Aflita, ficou entre preparar um chá de camomila e tirar o pó da mesa velha. Permaneceu sentada, afinal.

Lá fora, a noite então calma, lhe parecia agora assombrada, com sua tranquilidade de morte. Morte não. "História de morte, mulé besta! Tá ficando doida?", pensou, enquanto passava o terço entre os dedos. Alma de mãe, trazia sempre encostada a si o pequeno terço, contando-lhe as contas, também aflitas, já ensebadas com o óleo de tantos desesperos.

Quase onze e cinco.

O relógio na sala, em cima do coração de Jesus, lhe cravava olhares desafiadores, como antecipando uma desgraça. Ora, mãe que era, vivia de desgraças antecipadas, presentes em um recado de vizinha, em uma bença não respondida. Em um atraso.

Um atraso de horas?

O menino nunca foi lá muito pontual, principalmente em período de férias, quando o açude ficava mais perto e os céus mais cheios de arribaçãs.

Mas hoje não. Não hoje. O teco-teco dos ponteiros estalou tantas vezes, chamando o nome dele. Em resposta, apenas o luar lá fora, que mesmo imenso, não teve forças pra rasgar aquela escuridão sem fim.

Sozinha que era, contou à caneca de alumínio em cima do filtro de barro um tantinho do seu desespero. Pensou no menino, na barriga, no berço, nos cadarços e nos ponteiros. Pensou no banho e na escola. Quem teve a ideia de ensinar a nadar, meu Cristo redentor? Quem teve? As lágrimas já desciam espessas e quentes. Em resposta, o eco dos soluços dentro da casa vazia.

Contar a quem, se a caneca e o coração de Jesus não podiam fazer nada? Só o relógio chamava, mas nada. Quantas vezes também gritou, aflita, no lado de fora, chamando, chamando, chamando...

Lá fora, parado.

Paradinho, meu nosso senhor.

O menino. Molhado.

Bem em frente à casa. O medo deu lugar ao alívio e à raiva.

— Entre, condenado! Entre em casa agora! — ralhava.

Cabisbaixo, o menino entrou. Pingando água do açude. Só naquele dia a mãe não se importou dele molhar o tapete limpo. Agradeceu ao terço enquanto lhe enxugava a cabeça fria, fria. Correu ao armário empoeirado e pegou a única xícara pra um chá bem quente. Uns limões e um alho amassado ele ficava bem em dois tempos.

Mesmo de longe, lá onde morava, a lua viu, preso nas plantas do açude, um corpo azulado assanhando a água escura. E percebeu, de dentro da casa, o menino pingar o tapete com pequenos pés, também azuis.

Que não encostavam no chão.

MIGUEL

— Ontem eu vi ele.

A voz da mulher se jogou pra cima da parede mal pintada, queimou--se na lamparina velha, e pediu perdão aos pés do coração de Jesus antes de se derramar por cima da mesa encardida, se deitando bem dentro do prato de feijão com farinha, do marido.

O homem de primeiro fez que não ouviu, mas bem sabia onde ia acabar aquela história. Desde o acontecido, a mulher andava cabisbaixa, budejando palavras sem sentido, falando com ninguém. Sem levantar os olhos do prato, parou a colher dentro da comida.

— Deixe de coisa, mulher.

— Ontem eu vi Miguel.

Angustiado, o homem respondeu da única forma que sabia. O murro na mesa assustou a mulher, mas não fez ela se calar.

— Deixe de falar besteira, Ceiça! Que história de Miguel?

— Ontem eu falei com meu filho, Manel. Falei com meu filho Miguel.

Como se tivesse levado um sopapo bem na caixa do peito, Manel respirou fundo e olhou pra Ceiça.

— O menino também era meu filho, Ceiça.

— Ele tava tão lindo. Tão arrumadinho, Manel.

— Miguel morreu, Ceiça, ele foi enterrado arrumado. — falou Manel, mais pra si.

— Ele disse...

Manel a pegou pela mão, fazendo força pra não apertar.

— Conceição, o nosso filho morreu. Faz quase um ano. Caiu dentro do açude. Eu que achei o corpo.

— Não, Manel! Aquilo foi um susto! Uma coisa de nada. A gente conversou foi muito ontem. Você tinha saído pra bodega de Seu Miúdo.

Manel sentiu como se um vento frio lhe arrepiasse a nuca. Ele tinha avisado a esposa que ia ver se vendia o garrote. Voltou sem o bicho e fedendo a cachaça. A sorte é que ela já dormia.

— Deixe de conversar besteira, mulher...

Conceição sorriu um riso estranho, e encostada na beira da mesa, olhou o marido bem fundo nos olhos.

— Cadê o garrote?

Envergonhado, Manel fez que ia se levantar. Não ia deixar a mulher encurralar ele como um menino buchudo.

— Não tenho satisfação pra lhe dar. Me deixe.

Conceição fechou os olhos com doçura.

— Passamo foi a tarde conversando, ele me disse tanta da coisa, Manel. Ele é um menino tão inteligente.

Manel suspirou, dolorido.

— Conceição, o menino tava azul quando eu achei. Podre já. Inchado.

— Era ele não!

— Ceiça, ele tava fedendo. Comido de peixe, tu entende?

A última palavra saiu engasgada, raspada quase, de dentro de uma lágrima na garganta.

— Amanhã você vai descansar. Nada de bicho, nada de casa. O dia na rede. O que precisar você fala que eu faço. Vou na Prefeitura marcar um doutor da capital pra você. Já combino o carro.

A mulher apenas sorria.

— Foi a tarde toda encostada com ele aí no juazeiro. Um menino de ouro, Manel. Só você vendo.

Manel levantou-se, sem responder, catando o prato da mulher.

— Deixe as coisas aí, vá se deitar. Descansar. Eu ajeito tudo.

— A gente vai se encontrar, Manel. Eu e Miguel...

O arrepio novamente. Agora mais moroso.

— ...e você, Manel. Ele chamou você também.

Quase que na mesma hora Manel sentiu o engasgo voltar. Preso, firme.

— O que você fez, Ceição? Me dê água!

— É Miguel — respondeu a mulher, entre tosses. — A gente vai ver Miguel.

E caiu.

Sufocando, o marido buscava um ar que não existia mais.

Desorientado, apoiou as costas na parede e caiu enfim, no chão.

Aquele mesmo pé-de-vento que lhe arrepiou os cabelos, abriu com força a meia-porta de cima.

Do lado de fora, o luar fazia sombra no juazeiro.

Olhando bem, se via pertinho da árvore o contorno de um menino pequeno, bem arrumado. E encharcado.

— Miguel? — disse o pai.

— *Pode entrar, meu filho... — repetiu Zé pelos lábios do pai enlutado.*

As três senhoras, uma em lágrimas, fizeram menção de aplaudir, mas foram interrompidas pelas mãos espalmadas em um gesto ousado do contador.

— Mais um minuto de sua atenção pra uma promessa feita. No começo disse que era quatro as histórias, uma pra cada uma de vocês, e também prometi minha função pra aquela que o tempo levou sem pedir licença. Pra ajudar na minha entrada eu peço as graças e dedico essa última história praquela que eu mal conheci, e que desde então vem me ajudando lá de cima. Essa é sobre uma mulher que abriu mão de muita riqueza em favor do seu filho. É para a minha mãe...

MÁRCIO BENJAMIN

SINA

O ORATÓRIO

São noites assim, de céu aberto, pouca estrela e muito silêncio, que fazem a gente parar pra pensar em um monte de coisas. Principalmente na força que têm as nossas lembranças, no jeito que elas puxam a cadeira na cabeça da gente e sentam, sem ir embora, às vezes ficando até depois que o dia nasce.

Quando tá tudo tão parado que dá vontade de ver coisas que a gente não tá vendo, quando sombra vira alma e as árvores do meio da rua se ajuntam todas, como se tivessem escondendo alguma coisa, é justamente nessa hora, que essas lembranças escolhem pra aparecer.

Diz que pra pessoa começar a contar uma história, é do começo. Pensei em era uma vez, pensei em reino muito distante. Mas acabei deixando pra lá. Porque o que aconteceu, apesar de meio esquisito, aconteceu foi por esses lados mesmo.

A cidade ainda hoje é pequena, só você vendo. Diz que bonita e bem pintada como a maioria das cidades de interior. Com igreja e praça.

E gente pobre. Muito velho e pouco novo, já naquele tempo, veja só.

Sempre fui menino nascido e criado pelas bandas de fazenda. Cresci em mato, em sítio, tendo a sorte de ter de quintal à beira de uma serra, sem tempo pra reclamar de falta de energia elétrica ou água encanada. Pra quê, se passava o dia correndo, brincando, e já me cansava pra dormir quando acendiam as primeiras lamparinas? Se no lado de fora tinha um mundaréu de terra e lagoinhas pra banho?

Meu pai nunca fora assim homem de lá muitas posses, apesar de nunca ter faltado nada em casa. Sempre trabalhador, mas cauteloso, nunca se deixou levar pelas aventuras dos amigos de fora, com as novidades que traziam e nos contavam ansiosos, nas famosas galinhadas de domingo organizadas pela minha mãe.

Ou quase nunca, a bem da verdade. Porque só uma vez, não sei se pela dificuldade de colocar o fumo novo no cachimbo, ou pela demora de minha mãe em expulsar com delicadeza a visita; só uma vez, ele prestou mais de cinco minutos de atenção na conversa de um deles.

Foi suficiente.

Porque não se sabe como, mas esse cabra safado meteu meu pai no meio de sua conversa e fez o velho investir mais do que devia, mais do que tinha, em umas sacas de, vejam só, café.

Crê?

Um mundaréu de grãos avermelhados, que ficaram mofando no alpendre por meses. Empestando a casa com seu cheiro, invadindo a comida com seu gosto.

E, mesmo pequeno, eu já não conseguia mais dormir logo depois que acendiam as lamparinas.

Porque eram grandes as paredes da minha casa, mas também eram finas, e eu podia ouvir direitinho o murmúrio dos meus pais brigando, em uma discussão que sempre acabava com o choro baixinho da minha mãe, abafado pelo cantar dos galos em nosso quintal.

Era uma sexta-feira, a primeira da quaresma, cedo ainda, quando meu pai nem bem levantou e foi pros fundos da casa. Voltou com um galo embaixo do braço, pisando duro no pé da minha janela.

Eu ainda era muito criança, mas achei aquilo estranho demais pra ser normal.

Naquela mesma noite escutei do lado de fora um barulho de esporas no chão. Olhei pela brechinha da janela e vi meu pai descendo a entrada da casa, seguindo pros lado de onde se cruzam os caminhos da estrada.

Voltou logo cedo, amparado pela minha mãe que foi receber ele na porta de casa. Pensei que era bebedeira, mas a afilhada de mãe, que ajudava nos serviços de casa, trouxe foi uma bacia com água e umas toalhas.

Trinta dias e trinta noites que ele passou de cama. Deitado sem nem se mexer. As vizinhas se reuniram em novenas intermináveis, mas nada parecia funcionar. Meu pai ia morrer.

Mas nem bem passou uma semana daquele dia, o velho se levantou da cama, como se nada tivesse acontecido, e as coisas começaram a mudar lá em casa. As sacas de café sumiram não sei pra onde, e a plantação quase que se metia pra dentro da casa de tão frondosa.

A minha mãe não chorava mais de noite e eu já dormia de novo quando acendiam a luz da lamparina.

Tudo andava bem, como nos desenhos da bíblia velha e dourada que a gente tinha em cima da mesa da sala.

Até que, em uma certa feita, peguei minha mãe enfeitada de joias e meu pai lustrando seu cachimbo. Precisavam ir à cidade. Fiquei com a afilhada de minha mãe e uma lista interminável de proibições. Não me importei. Como de costume, levei a minha baladeira e corri pro açude.

Só parei quando senti o gelado da água subindo pelas minhas pernas. E me esparramei por cima d'água, boiando até num querer mais.

Naquele dia matei tanto passarinho que fez medo esvaziar o céu.

Voltei com as nuvens já vermelhas e a cantiga das cigarras nas orelhas, planejando o que fazer com tanto passarinho morto.

Quando dobrei a curva já perto da subida da casa, juro que vi.

Agachado, quase gente, em cima do juazeiro.

Olhei de novo e não tinha nada. Nem vento.

Mas o pelo arrepiado do meu braço, dizia que tinha era um olhar parado em mim.

Sem me avisar, as pernas deram uma carreira pra dentro de casa.

Cheguei esbaforido, trancando a porta de um susto, sem sentir, esperando a minha mão parar de tremer.

Apesar da légua entre a árvore e a casa, eu não tive coragem de brechar pela janela não.

Porque eu preferi acreditar que tinha ido embora, apesar de sentir o peso encostado na porta.

Naquela noite não quis esperar as lamparinas pra dormir.

Mas o barulho do vento no juazeiro me cutucava o juízo.

As folhas duras estalando como se pisadas.

O barulho do corpo caindo, que desceu da árvore e veio caminhando devagar, um pé depois do outro, trazido pelo vento.

Paralisado, eu não tinha força pra gritar.

Nem quando a respiração pesada fedendo a couro curtido se fincou no pé da minha janela fechada. E passou a noite arranhando a tinta recém-pintada, gemendo um gemido quase de gente; um barulho que era meu nome escrito.

No outro dia cantou o galo, mas eu não quis me levantar, moído de febre.

Mãe, que tinha voltado da cidade, trocava com cuidado os panos úmidos que a menina encharcava na mesma bacia velha de louça, já descascada.

Como se eu tivesse pedido, pai falou que eu tinha tomado era muito sol e disse, com algum descaso, que eu precisava era de descanso, enquanto carregava pra dentro do quarto um pequeno e velho oratório, trazido da cidade.

Concordei.

Aquela visita foi a primeira, e vou mentir se disser que foram constantes.

Mas se não constantes, assustadoras.

Porque passou sim, muito tempo sem aparecer, mas quando veio, foi de vez.

De janela a quarto foi um pulo.

Eu sabia, quando ouvia, na madrugada, o barulho da porta da sala se abrindo.

Quando sentia as pontadas cabeludas no fundo da rede ou o erguer meio balançante em seu punho.

Era demais pra mim.

De menino danado fui amofinando; ele tomava a minha saúde como quem bebe água sem sede. Gole a gole, sem pressa de fazer mal.

No fim das contas eu andava entre a cruz e a espada; a escuridão do olho fechado levava a minha cabeça de menino pra lugares que nunca poderia imaginar. Mas o que fazer, se a realidade tava ali, aninhada e fedorenta no lugar preferido, entre todos da casa: a parte de baixo da minha cama, de onde podia resfolegar à noite, de onde podia desfazer o estrado e até agarrar com força meu pé com aquela pata sebenta, quando eu passava por perto?

Foi aí que começou a falar. E eu perdi o meu medo de gritar.

Encostado no canto da parede, eu já não conseguia segurar a agonia que se formava na minha garganta.

E meus pais, que nunca mais discutiram além dos limites das paredes, recomeçaram os seus planos noturnos. Mas dessa vez era diferente; dessa vez eu podia ouvir a voz de mãe alta, dizendo que nunca mais, dizendo que era o fim, dizendo que se fosse pra eu ficar daquele jeito, preferia...

E as brigas não esperavam mais o sol cair.

Sem entender, cada vez mais sentia escapar a vontade de não perder o resto do juízo. Quem sabe fosse mais fácil ficar doido?

Até que em uma noite igual a todas as outras, a não ser pela lua grande e amarelada, naquele breu de estrelas do interior, onde só se ouvia o vento batendo na plantação; foi numa noite assim que eu ouvi um silêncio. Nenhuma sombra. Nenhum cheiro de carniça ou barulho engasgado de porco sangrado.

E eu sorri, gargalhei sem aperreio, pela primeira vez em meses, beijando os terços e santinhos que passaram a fazer parte do meu quarto, prometendo a cada um os mais abissais milagres.

E comecei a dormir, em paz.

Ou tentei, porque ouvi, sem respirar, uma zuada seca em cima do telhado. Um arrastar pesado. Foi olhar pra cima e acompanhar as passadas, que fizeram gemer as telhas de barro, deixando cair o pó da cumeeira, como as migalhas de João e Maria.

E de costas pra noite, apareceu. Entre mim e a lua, descendo do telhado pra dentro do meu quarto.

E eu voltei a tremer quando cruzou os seus olhos nos meus. Uns olhos vermelhos que crepitavam como brasa de São João.

Tremi quando o peste serpenteou janela adentro, quando cambaleou podre podre pra cima da minha cama.

Tirei forças não sei de onde e corri pro quarto de mãe, derrapando de joelhos em frente à cama dos meus pais.

Premonitiva, ela já estava sentada na cama, sozinha: meu pai tinha ido fechar um negócio muito importante na capital.

Lavado em água salgada de choro, não tive medo de ser o filho pequeno e pedi pra mandar ele embora.

Do meu quarto.

Pedi pra ela mandar embora do pé da janela.

Duas faíscas eram os olhos. Peludo e fedorento, bufava de ódio arrudiando a casa em uma carreira de fazer medo.

Como touro brabo esmurrava a parede, rinchava danado, balia, uivava, na beirinha, escavando o chão.

Decidida, a minha mãe levantou-se. E foi seguida. Como no espelho grande da sala, eram ele e ela. Os olhos vermelhos pulando por entre as janelas abertas do grande quarto dos meus pais.

Um caminho que acabou em frente ao oratório velho que meu pai trouxera da cidade, montado na cabeceira da cama.

Mãe parecia nem ouvir os guinchos que vinham do lado de fora, grunhidos que iam soando cada vez mais como uma voz humana. Uma voz que conhecia a minha família, uma voz que chamava cada um pelo nome.

Firme, danou no chão a peça. As suas portinhas encupinzadas não resistiram e uma garrafa preta, empoeirada, pouco santa, a bem da verdade, rolou pelo chão até estilhaçar-se no cantinho da parede.

Do lado de fora, ouviu-se um uivo agourento e viu-se uma fumaça de enxofre queimado.

Em desabalada carreira pra dentro da noite, fugiu um bode preto. Correu até sumir já perto do juazeiro.

Foi fazer isso e o galo cantar.

É engraçado como de manhã tudo parece diferente. Lembro de ter pensado na hora, soluçando no chão, de olho duro na mancha preta que tinha sobrado no pé da janela de mãe, como um resto de traque.

Naquele dia esperamos pai na porta de casa.

De longe, pude notar que ele voltava destruído.

Percebi que o negócio deu certo não.

Só de olhar, pude notar que a mala que carregava parecia pesar bem uns cem quilos.

Porque ele perdeu tudo em negócio em carta e em quenga.

A plantação também parecia meio murcha, como meu pai.

E foi assim que aconteceu, sem tirar nem colocar, juro.

Fui mandado pra morar com minha tia na capital.

Uma mulher meio doida do juízo, que nunca se cansou de bater em mim. E que me ensinou, do jeito dela, algumas coisas importantes sobre vida e sobre dinheiro.

Meu pai morreu dali nem bem um ano, de tristeza, ainda agarrado nos cacos da garrafa, ainda alisando na palma da mão algo invisível, dizem. Esperando na beira das estradas a volta de um bode preto.

Minha mãe sumiu, Deus sabe pra onde.

O resto da casa, da cidade, e da garrafa, continuam lá. Pra aqueles que se aventuraram a ir buscar. Se deu certo, sei não. Ninguém voltou pra dizer.

E eu?

Eu queria era muito dizer que aprendi, queria era muito dizer que...

Mas eu me sinto meio aliviado, meio derrotado, em saber que a gente, assim, como pessoa, é fraco. E que mesmo vendo alguma coisa dar errado, aninha no peito uma certeza de que na nossa vez, vai dar tudo certo.

É o que digo, mesmo quando penso na minha vida cheia de dinheiro, de mulheres, de poder. Quando tenho certeza de que a minha parte do trato foi cumprida sim.

Ainda penso que posso fugir, quando escuto um cheiro bem conhecido apodrecendo a porta da minha casa.

Mas acabo dizendo: entre.

— *A porta está aberta!* — *disse Zé, de braços abertos para a entrada da cidade.*

Agora, já sem as três senhoras cegas.

Cansado demais pra pensar, e de algum jeito aliviado, foi até o carro, socou na mala velha o que pode de uns restos de roupas e cacarecos e partiu pra dentro do povoado.

— Devem ter gostado da história — decidiu se convencer, enquanto apertava o passo —, certeza que foi isso...

Concentrado que andava, não percebeu que atrás de si, as irmãs já tomavam de volta a sua sina, sacudindo os seus ganzás enquanto cantavam, fechando pra o mundo de fora os contornos do povoado.

Mas a cada passo pra frente, na cabeça de Zé o juízo lhe trazia pra trás.

E como numa sangria de barragem, as lembranças do primeiro picadeiro vieram, sem aviso, a lhe confortar o coração do jeito que podiam.

A dar respostas que vinham lhe perturbando há muito tempo como sendo assim um pedaço de osso atravessado na goela.

— Margarida — disse, enquanto o tempo se sumia, bem ali na sua frente.

PARTE 1

O CIRCO

Raia o sol, suspende a lua
Olha o palhaço no meio da rua
Raia o sol, suspende a lua
Olha o palhaço no meio da rua
ZÉ DANTAS

De tudo o que poderia imaginar encontrar no meio da poeira, Zé Trancoso só não esperava por aquilo.

Logo depois das primeiras árvores mortas, à direita, em um campo sem grama, sem vida e sem pasto, um pedaço do passado se levantava em poeira e lona.

— Um circo? — Zé se perguntou e deu alguns passos na direção da única abertura que encontrou.

Ainda pensou em bater palmas, como se faz em porta de casa, mas ali dava não, dava nada. Não fazia sentido.

Mas e vida faz sentido?

A respiração lhe vinha em sopapos firmes bem dentro do peito.

Os cheiros adocicados de pipoca, serragem e bosta de cavalo tomavam todo o lugar.

A tenda maior, ainda murcha, era como um enorme bicho, descansando, à espera do público que o despertaria com aplausos, como um beijo na princesa em história de menino.

— Taí, Zé danado. Nerá isso que tu queria? Agora faz teu nome, rapaz... — disse pra si.

Encantado com o colorido das luzes penduradas na lona do circo, foi seguindo sem conseguir fechar a boca, que lhe parecia repleta de muito mais dentes.

— Falando sozinho, Seu Moço? Olha que endoidece! Cuidado pra chapa não cair no chão — disse uma voz atrás de si.

Num pulo, Zé acordou de um sonho pra ir dormir dentro de outro..

Se a voz era uma coisa de outra vida, a dona era como um milagre que tinha vindo passear pelas bandas da Terra.

Mulher muita, firme, um corpo sem medo de se esparramar pra os olhos de quem quisesse ver, quase não cabia dentro dos panos enrolados que tinha inventado pra si, naquela mágica inebriante de circo. E por falar em olhos, aquelas duas pedras verdes se demoraram no olhar tímido, mas decidido do homem.

— É chapa não, moça, mas com todo respeito, ainda que fosse, não tem boca que se feche na chegada de tanta beleza.

Acostumada aos arrochos do ego, a mulher riu.

— Tu vem ver o espetáculo a mais tarde? — perguntou, já a vontade, mexendo nas pontas do seu cabelo negro como asa de anu, preso.

— Querer queria, mas o dinheiro andou faltando.

— Pois venha hoje, pra conhecer. Diga que falou comigo.

— E você tá na apresentação? — provocou Zé.

— Ora se! Se não sou a trapezista? — respondeu ela, apontado pra tosca figura pintada na porta de entrada, que fez o que pôde pra refletir aquele alumbre.

O encanto foi tanto que Zé nem percebeu outro homem chegando. Um véio pra lá de esquisito, usando um terno daqueles herdados de defuntos mais largos. Tinha também uma capa preta e torta pendurada nas costas, uma cartola bufenta e um bucho por aculá. Queria ser um mágico, mas acertou foi num papangu.

— Tava onde, Margarida? Tão precisando de você no picadeiro — rugiu.

O homem da cartola nem percebeu a presença de Zé.

— Dê boa tarde aqui ao nosso amigo... — Margarida apertou os olhos como quem quer se lembrar.

— José Trancoso, seu humilde servo — respondeu de pronto Zé, em uma elegante mesura.

O mágico permaneceu impávido.

— Zé vem hoje ver o espetáculo — falou a trapezista, cortando a conversa. Era melhor. Conhecia Zenom, sabia onde aquilo ia dar.

— E dinheiro, tem? — Só agora o ilusionista o notou.

— É meu convidado, Zenom. Além do mais, disse que tava precisando de emprego. E a gente tá mesmo carecendo de alguém pra dar uma mão. — Margarida piscou os olhos, e Zé quase sentiu a bexiga afrouxar.

— Tá certo. E tu, sabe fazer o quê? — Zenom perguntou a Zé, com um olhar debochado.

— Sei não passar fome, Seu moço. Faço de tudo que precisarem.

O mágico olhou Zé do pé à ponta, medindo o tamanho do abuso daquele menino, e no final se curvou à necessidade.

— Pois pronto, Seu "Zé". Comece puxando as cordas aí pra subir a tenda. Vamos ver do que você é capaz. — E saiu batendo os cascos.

A última frase soou como uma ameaça, Zé achou que foi mesmo a intenção.

— Muito obrigado, moça, dois coelhos — disse pra Margarida o mais novo funcionário do circo.

— Não me agradeça ainda, Zé, você não sabe como é vida de circo.

No fim da frase o rosto de Margarida se anuviou como chegada de inverno. Mas ali de alegria não tinha nada, muito ao contrário. Ali era como se a tristeza andasse fazendo morada fazia era tempo.

— Eita, danado. Fique assim não, moça; sorria — respondeu Zé, levantando o queixo afilado dela, trazendo de volta pra si aquelas esmeraldas. — A vida que eu levava não tinha como ser pior.

— Pior? — perguntou Margarida.

— No começo não, mas depois que o meu avô se foi, o mundo parece que caiu dentro de um buraco de peba. Quem sabe um dia eu não te conto essa história? — jogou a isca.

Os olhos de Margarida se acenderam na mesma hora.

— Pois conte agora! História não se espera! — disse, cruzando os braços na mais estrita atenção.

— E Zenom?

— Dele cuido eu. Avie! Conte! Você tinha um avô...

— Ele me criou...

— Cuide, Zezinho! Vamos simbora! — berrou o velho já em cima do cavalo magro. Empertigado, aproveitou as vistas de ninguém para aprumar o gibão brilhoso e ajeitar a mala de poucos dias apeada ao redor do animal.

Ao longe, saindo pela porta do barraco acanhado, um menino corria em direção ao homem, subindo com costume as bermudas doadas, grandes demais pra si.

— Avie, menino atentado, a fazenda dos Bezerra é bem mais de légua, a gente tem que chegar antes do sol se deitar — berrou o velho, naquela voz de se ouvir de longe.

Com alguma ajuda, o menino conseguiu subir no cavalo e seguiram viagem.

No meio da vegetação verde, recém lapeada de chuva, só se ouvia o estalado dos cascos do animal velho.

— Ô, meu avô...? — perguntou o menino, quebrando o silêncio.

— Diga.

— Será se esse ano chove?

— Esse ano chove. As pedrinhas de sal de São José sumiram num susto, menino. Vai ser um ano bom. Tá vendo não a verdeção já tomando de conta?

Em uma surda resposta, o mato pareceu se assanhar.

— E apois? — respondeu o menino, sentindo-se um homem.

— Olhali.

Seu Trancoso apontou o dedo engilhado pro lado, e o menino sentiu na vista os reflexos prateados de um açude se formando onde antes não tinha nada. Ao redor, burregos e vacas dividiam as águas novas.

— Queria tomar era um banho lá — disse o menino, entre sorrisos.

— A gente vai é pescar. Certeza que tem é uma ruma de peixe.

— Peixe? Mas se só tinha areia antes? — questionou o neto.

— Os danados dos bicho se esconde na terra, esperando a água pra crescer.

O menino sorriu ante a inteligência tão prodigiosa.

— Mermim as plantas?

— É tudo natureza feita por Nosso Sinhô, meu filho! Os peixe, as planta, a gente, o que tem por aqui... e o que anda lá pelo outro lado.

— Quem te ensina isso, Vô? — perguntou Neto, encantado.

A risada do velho fez eco no paredão de pedra e até espantou uns passarinhos que andavam por perto.

— É a danada da vida, menino. Na sua hora tu vai saber.

O estalado do cavalo tomou seu lugar de volta e o menino sentiu os olhos cheios de areia enquanto o sol ia se avermelhando.

— Falta muito, voinho? — perguntou, num fio de voz.

— Um tanto. Mas durma não, viu? Fique de butuca ligada! O último menino que se abestalhou por essas bandas, a coisa não acabou bem pra ele não...

MÁRCIO BENJAMIN

SINA

ESTRADINHA
DE BARRO

Era em dias como aquele que o mundaréu de meninos gostava de se juntar. O sol tinha dado uma trégua e o açude andava cheio.

Arrastando os saquinhos de pano com as arribaçãs mortas, as crianças apostavam corrida até a água. Em desembestada carreira, atropelavam-se às cotoveladas, lutando pra não ser a temida mulher do padre.

Essa alegria toda pra esconder o aperreio que tomava conta da cidadezinha.

Fevereiro quando começou.

O primeiro foi Joca. Desapareceu sem deixar rastro no caminho pra escola.

Diz que encontraram só o chinelinho no pé da plantação.

De lá pra cá foram muitos. Zeca, Pedrinho, Neto.

Todos crianças, todos sumidos.

E o povo, afinal, acabou se virando pra aquele que ajudava sempre. Ou quase. Porque não adiantou novena, não adiantou promessa.

Os meninos não voltaram. E começaram a desaparecer ainda mais.

Sem saber o que fazer, passaram os pais a manter as crianças em casa. Presas nas humildes e tão típicas casas de interior, os pequenos aprendiam a se entreter com seus jogos particulares. Brincadeiras limitadas pelas paredes mal rebocadas daqueles casebres, que se tornavam invariavelmente entediantes.

O dia todo no roçado, não tinham estes pais como conter a agonia daqueles meninos. Nem como rabiscar, com seus castigos e surras de galho de goiabeira, a natureza infantil.

Mas aí o sol abrandou e os mais astuciosos aprenderam a abrir portas fechadas e pular muros cravados de espinhos de ferro.

E perderem-se dentro das águas do açude.

Ainda que seus pais esperassem na chegada, armados de cinturões e grossas chinelas de couro, o vento no rosto, os gritos e as brincadeiras com os amigos valiam qualquer esforço, valiam qualquer castigo.

Era cedo ainda quando voltaram aqueles. Buchos cheios de arribaçãs fritas e castanhas torradas, andavam de volta pra casa, levantando com a pressa dos pés o barro da estradinha.

Assis, que recebeu de presente o nome do santo por causa da promessa de uma tia, demorou-se um pouco mais. Às vezes entretido com uma minhoca, ou com uma formiga, ficava sempre pra trás.

Catucando com um pedaço de pau uma cobra morta, nem percebeu que o tempo tinha era passado.

Voltou meio correndo, com a estrada já escura, tentando sozinho encontrar o caminho de volta.

Mas era tanto barro, tanta estrela e pedra, que de noite era tudo igual. E Assis se perdeu.

A sorte foi um senhor que encontrou o menino chorando.

E disse que levaria pra casa.

Mas a família ainda espera até hoje.

Porque ele voltou pra casa foi é mais nunca.

De Assis não sobrou nem chinelo e nem baladeira de caçar passarinho.

E os outros, que voltaram pra perto dos seus pais, já não tinham mais vontade de sair. Porque Alzira e Pedrinho eram só conhecidos, mas Assis era amigo-irmão. Daqueles do peito.

Foi o que cada um pensou quando se rezou uma missa pela alma perdida do inocente.

E, como por mágica, começaram a aparecer as crianças perdidas. Boiando no açude, jogadas no meio da plantação ou vez por outra nas portas das casas dos pais, apenas os meninos voltaram. Sempre acompanhados de uma ruma de dinheiro.

Os pais de Pedrinho deixaram o povoado dali a poucos dias. Foram embora em um caminhão. Morar na cidade, disse a vizinha. Recomeçar a vida.

Os de Zeca ficaram, mas compraram casa boa, algumas vacas. Diz que o pai anda negociando terrenos na cidade próxima.

Naquela vila, o dinheiro que aparecia abrandou a vigília dos pais: o que se comenta é que tem uns, já cansados de apanhar da fome e da seca, que à noite rezam pra o seu menino desaparecer.

Já embrenhados naquela rotina macabra, o povo orava mecânico nos funerais, pedindo sem fé uma ajuda que não ia chegar era nunca.

Acostumados, deixavam de prestar atenção ao senhor pálido que sempre andava nos funerais. Distante sim, mas atencioso.

Um homem doente, que decorava o lugar dos túmulos e os abria, bem de noite, quando já não tinha ninguém pra tomar de conta do cemitério.

Colocava os enterrados nas costas, dentro do saco de estopa, e andava até a sua casa, um buraco, bem dizer, perdido pelo meio da serra, escondido lá bem dentro do mato.

Já há tanto tempo lapeado de dor, só conseguia sair era de noite, quando não tinha sol pra agourar o seu corpo quase sem pele, chagado de fazer medo.

Lá, cumpria a sua sina, retalhando as crianças sem vida com um canivete velho; estripando-lhes, com uma precisão de pistoleiro, o fígado.

— *Vailha-me, Deus, Zé. E vocês tavam indo fazer o quê lá?* — perguntou Margarida, *já sentada numa caixa, que fez as vezes de tamborete.*

— Tenha sua paciência, Dona Moça, que você já vai saber. A gente chegou na fazenda...

Quase no fim da tarde. Zé menino, ainda com os olhos arregalados de medo do papa-figo, viu com alívio chegando diante de si as porteiras imponentes da Fazenda Bezerra.

Em frente, uma ruma de gente já aguardava Seu Trancoso, o contador de histórias.

Ainda um pouco assustado, o menino abestalhou-se com a fazenda imensa, repleta de portas e janelas, todas abertas em uma silenciosa homenagem aos visitantes.

Descendo o pequeno morro em direção ao menino e seu avô, uma discreta comitiva se apresentava com um senhor de cabelos brancos à frente.

— Louvado seja o Nosso Senhor Jesus Cristo — disse aos visitantes, já próximo.

— Para sempre seja louvado — repetiram respeitosamente o neto e o avô, este último de chapéu de vaqueiro na mão.

— Seja muito bem vindo a nossa casa, Seu Trancoso. Se bem que a fama do senhor visitou antes as nossas paragens.

— Isso me deixa muito sastifeito, Seu Bezerra. Agradecido.

O outro baixou os olhos.

— Seu Bezerra não sou, Seu Trancoso. Me chamo Tião e fui empregado de confiança. Seu Bezerra era o dono da fazenda, sumiu no mundo da pior forma que se pode pensar. Lhe poupo dos detalhes porque tenho certeza de que o senhor deve ter ouvido.

— Não ouvi não senhor — mentiu Seu Trancoso, que não se cansava de uma boa história. Ainda mais se fosse pra confirmar.

Receoso, Tião olhou pra a criança.

— E o menino.

— Meu neto. Criado pro mundo. Feito pra ouvir de um tudo.

— Se o senhor insiste...

Ainda de cima do cavalo, Tião colocou no peito o chapéu em respeito, e recitou alto:

Quando o brilho dessa lua
Clareia todo o sertão
A verdade surge nua
Em forma de assombração

MÁRCIO BENJAMIN
SINA

CASA DE
FAZENDA

A cadeira de balanço rangia a cada empurrada do velho, a cada alisada na espingarda.

Seus dentes também rangiam; iguaizinhos às juntas dos dedos, arrudiando a arma.

Rangiam de ódio.

Aguardando. Atocaiando.

Era sexta-feira. Desde manhãzinha os cachorros tavam era tudo agoniado. O que era mais forte acordou foi estraçalhado em cima de um formigueiro, bem de frente pra casa-grande.

Os outros, presos e já meio doidos, puderam fazer nada enquanto os urubus rodavam no céu, pousando de ruma pra devorar o que sobrou daquelas tripas.

Coisa de não se crer o pavor nos olhos mortos do bicho.

Era mais do que uma perda aquilo. Era uma provocação. A gota d'água no pote.

A casa de fazenda, cheia de alpendres e baús de madeira, sem ninguém, parecia maior ainda. As paredes amargavam armadores sem redes. Móveis. Quartos. Todos vazios. Porque o restinho até dos mais fiéis empregados, tinham ido embora.

"Essa casa tá maldita, doutor, venha simbora, por caridade. Já morreu gente demais aqui."

O conselho do trabalhador mais antigo latejava nas orelhas já meio surdas do velho.

"Já morreu gente demais aqui."

Seis moças. Tudinha morta. O filho único tomou a estrada, louco.

Sua mulher tinha sido a última; uma senhora como ele, esbagaçada quando tentou proteger nos seus braços a filha que sobrou.

Tentou sozinha. Porque ele chegou foi tarde demais.

Ainda descarregou a munição inteirinha, mas o bicho só fez dar uma olhada pelo rabo do olho e sumir pra dentro da mata, com os pedaços da Inocente balançando dentro da boca.

O senhor já se viu sozinho, numa casa grande de fazenda, com os restos da sua família esparramados pelo chão de areia?

Apois o sangue daquele chão, o sangue daqueles olhos vermelhos, desde então, acompanhavam o velho era todos os dias. Todas as noites.

Mortas as meninas, morta a mulher, rondava a casa aquele satanás, uivando alto como um condenado, chamando quem tinha sobrado.

Foi aí que o velho sentiu as juntas doerem. Mas não de idade, de idade não.

Sentiu as juntas, o coração; sentiu cada fio de seu cabelo branco, de sua pele enrugada, doer.

Doer de ódio.

Se era pra ficar vivo, ia ser pra matar.

Foi o que jurou, quando enterrou, com as próprias mãos, a mulher e a última filha, junto com as outras cinco moças.

Sete cruzes, enfeitadas de laços e fitas, arrumadas em círculo, no fundo do quintal tão grande quanto a casa, juramentaram aquela promessa.

Uma promessa sentida demais pra ter sido feita a nosso senhor Jesus Cristo.

"Jesus não sabe o que é perder um filho", gritou o velho bem alto, no meio do jantar solitário. "Jesus nunca perdeu uma mulher!"

Foi o que bastou pra espantar os empregados. Eles também tinham medo, mas podiam nunca abrir mão da proteção de Deus. Podiam nunca trabalhar numa casa amaldiçoada, onde o patrão tinha botado pra correr o próprio Espírito Santo com tanto sacrilégio.

A lapeada do chicote no lombo dos cavalos acordou o velho dos seus pensamentos, levando embora a carroça com os empregados.

Dando um adeus de criança, a neta da cozinheira, pequenininha, roía no canto da boca uma chupeta já bem usada, enquanto sumia dentro da poeira.

A inveja que o velho sentiu daqueles olhos Inocentes era uma moenda, arrochando com a força da saudade o seu coração.

Sozinho, apertou com mais força a espingarda, engolindo num suspiro aquele medo de dar tudo errado.

E esperou.

A noite entrou na fazenda sem pedir licença, invadindo num instante aquela casa tão enorme.

Tudo que a pessoa ouvia era o chiado das cigarras e vez por outra uma zuadinha de vento nas folhas do juazeiro perto da porteira.

Apoiado na espingarda, o velho já não tinha mais a força de antes: sentia como um bacurim deitado em cima do peito. Um punhado de areia soprando em seus olhos cada vez mais pesados.

Até que o relógio grande na cozinha badalou meia-noite. E ele deu um pulo, aconchegando a espingarda no peito como quem aninha uma criança.

Mas aconteceu foi nada.

Deu outro empurrão na cadeira e aguçou os ouvidos.

Só ouviu a lua grande, do lado de cima, reluzindo na arma e começou a sentir, devagarinho, a esperança indo embora.

Agoniado, sacudiu pra bem longe aquela ideia.

Podia pensar que tava derrotado era de jeito nenhum.

Lembra não, da vez que a seca comeu seis meses de plantação? Que foi emboscado pelo adversário político?

Pois então.

Era a voz da mulher passeando pelo vento até o seu juízo.

Só que agora não tinha mais mulher, não tinha mais filha; nem Deus tinha mais.

Só a espingarda. E se quisesse ficar vivo, tinha que se valer era dela mesmo.

Porque era velho, sim, senhor, mas ainda acabava com a raça daquele filho do demo. Daquela besta fera.

Suspirou pesado. Ainda tinha tempo.

Se levantou da cadeira e quis tomar um café.

Mas se virou de repente prum uivo desesperado que rasgou o céu daquela noite tão clara.

O bicho. Parado em frente à varanda. Apareceu em um piscar de olhos, uma cochilada de nada.

Tava certo, finalmente. Era bicho não. Se tava em pé? Um cão ou uma raposa, ainda que fosse, não ia conseguir ficar em pé de jeito nenhum. E o uivo. Quase como uma fala de gente.

O velho apontou a espingarda.

Num deu tempo nem de piscar os olhos quando o danado correu pra escadaria da varanda, e o velho viu aquele olho vermelho tirando um fino da cara dele, sentiu o cheiro da baba prateada, escorrendo faminta no peito daquela criatura.

Agoniado, teve foi vontade de partir pra cima e morrer matando. De rasgar também, morder e sufocar, com mão e dente.

Foi tanta raiva que quase não acertou o dedo no gatilho.

Quase.

Porque a espingarda, tinhosa que só ela, cuspiu no peito do bicho as balas derretidas no tacho de rapadura. Feitas na noite passada, com toda a baixelada da cozinha; do jeitinho que a mulher, em sonho, mandou.

Rapazinho de novo, o velho recarregou com firmeza a arma. E disparou de novo. E de novo.

Com o peso das balas, o bicho voou de costas e caiu ciscando no chão, dando um uivo gemido.

Até que se calou.

E novamente, naquela noite de lua, só se ouvia a zuada das cigarras e o chiado das folhas do juazeiro lambendo a cancela do portão.

Foi sentindo nas suas pernas o peso todinho da idade, que o velho desceu as escadas.

Agarrado no terço bento que trazia no pescoço, fez as pazes com Deus.

E chegou perto.

No que sobrou do galinheiro, o galo cantou.

Cada uma das cruzes do quintal, agora vingadas, empurravam-se em sombras pra ver a morte do carrasco.

O velho caiu de joelhos, afinal, quando reconheceu no focinho do bicho a cara de seu único filho.

Louco.

O sétimo, depois das seis meninas.

Lobo.

— Então era essa a fazenda? — perguntou Zé Trancoso, se entregando sem querer.

— Sim. Que Deus o tenha em bom lugar — disse Tião, encerrando a conversa. — Agora venha, Seu Zé, venha mais o menino pra mó de comer. Já vão servir a janta. A notícia da presença do senhor aqui já se espalhou faz é tempo, tem uma ruma de gente esperando ouvir as suas histórias.

Em silêncio, o neto e o avô seguiram Tião subindo o morro em direção à Fazenda Bezerra.

No céu, o sol se avermelhava sumindo por detrás das serras enquanto um bando de andorinha revoava por cima do açude distante.

Agarrado ao avô, o menino apertava com força o gibão de couro, sentindo o nó dos dedos embranquecer.

— Deixe de besteira, menino — disse o velho, percebendo o medo.

— Isso que esse hômi disse é verdade, voinho? — sussurrou entre gaguejadas. — Tem lobisomem mesmo aí na Fazenda?

— Toda história é verdade, menino besta. Cada pessoa conta de um jeito e cada jeito bota essa história dentro do bolso do contador. Cada um escuta com sua oiça e esse ouvir faz que ela seja um pouco de quem ouve. E tu viu o que o hômi disse, o bicho já morreu.

— Será, meu avô?

A conversa acabou por chamar a atenção do jagunço.

— Tá tudo bem, Seu Trancoso?

— Tá, Tião, tudo bem, é que esse menino às vezes fica meio impressionado... Tião riu alto e firme.

— Se aperreie não, menino, que essa Fazenda e eu já tivemos nossa parte do outro mundo. Acho que as assombração vão deixar vocês em paz.

Atento que estava às zuadas daquele fim de tarde, o menino nem notou que tinha chegado na porteira da fazenda onde eram esperados por uma senhora gorda e sorridente, que vinha enxugando as mãos em um pano de prato tão branco quanto o seu avental.

— Eita, da maravilha! Seja bem-vindo, Seu Trancoso — disse em um largo sorriso que acalentou o coração apertado do menino. E do avô.

— Seu Zé, essa é Maria, a minha mulher e responsável por encher o bucho dos que vivem aqui... e dos convidados. Ela vai acomodar vocês.

Maria sorriu com doçura.

— Olhe só esse rapaz como já é grande. Como é o seu nome, menino? — perguntou a mulher num afago à criança.

O menino empertigou-se.

— Meu nome é José Trancoso Neto.

— Vaila do menino inteligente! Apois pronto, Seu Neto, vamos tratar de encher essa barriga, num bora?

Aconchegado, Neto segurou as mãos da senhora e sumiu por dentro da Fazenda em direção à cozinha ampla.

A refeição se deu de forma lenta a respeitosa, o povo na cozinha imensa comia sem interesse, todos com os olhos grelados no contador de história e no menino que lhe acompanhava, a única criança na mesa de madeira tão grande, que tomava grande parte do cômodo.

Terminando de comer, Seu Trancoso levantou-se, limpou a boca na barra do gibão e recolheu o chapéu pra debaixo do braço.

— Cuide, Neto. Vamo simbora contar pra esse povo.

Acostumado com as agonias do avô, Neto levantou apressado e saiu em disparada tentando acompanhar os passos largos.

* * *

Mal tinha acabado de sair a lua quando Seu Trancoso começou a sua mágica. Vestido em um elegante casaco colorido, costurado com retalhos por sua falecida esposa, aportou-se ao lado da mala velha apinhada de bugigangas da época em que trabalhou na rádio e que lhe ajudava a reforçar as suas histórias, e arregaçou as mangas em busca da atenção de cada um ali naquele alpendre.

— Foi numa noite como essa, numa Fazenda bem perto daqui que tudo aconteceu... o vento vinha frio, cantor, assanhado com calma o juízo do povo... e trazendo pra dentro da propriedade o que não devia estar por ali... — dizia Seu Trancoso, numa voz grave que se espalhava por toda a propriedade.

Em um discreto e estudado olhar, Neto, ao lado, atento, pescou da mala o cilindro de bambu e o soprou trazendo com mais clareza o vento pra história do avô.

Em resposta, os olhos dos adultos se arregalaram e os das crianças se fecharam, em um silencioso pânico. A plateia andava era pronta.

MÁRCIO BENJAMIN

SINA

A GRUTA

Sozinho no cavalo, o vaqueiro atravessava a estrada deserta. Cercado de silêncio, já previa a chegada, desejando mais do que nunca o fundo da rede, o colo quente da esposa.

Alcançou o pé da gruta, já ouvindo o barulho do córrego.

"Dê um lugar aí na garupa que eu também vou."

Foi o que ouviu antes de sentir o peso fedorento da voz subindo atrás do cavalo.

Aperreado, danou as esporas no animal e saiu desembestado estrada adentro, sem saber direito pra onde estava indo.

Chegou à casa esbaforido, pulando do cavalo aos pés da escada do alpendre. Quase derrubou a porta aos murros, pedindo pelo amor de Deus que o deixassem entrar.

Enfim, ouviu o arrastar agoniado do chinelo da esposa, que lhe abriu a porta de lamparina na mão.

A mulher assustou-se ao encontrar o marido sem uma gota de sangue no rosto e os olhos prontos a cair da cara.

— Zé Virgílio. — Foi o que ele conseguiu responder.

Aquele medo tinha nome, tinha corpo. Zé Virgílio, um caba safado que chegou com uma seca, trazendo pai e mãe doente. Com jeito de trabalhador, prometendo mundos e fundos quando pediu pra ficar na fazenda. Quando jurou, em nome de Nosso Senhor, que ia ser o melhor braço com o trabalho, o melhor laço com aqueles bois.

Mas a enganação durou muito não. Não passados nem bem sete dias da chegada, Zé Virgílio vivia mais na venda de Seu Aquino do que na baia, deixando serviço pela metade pra tomar cana, dormindo no cabo da enxada.

Foi quando morreu de fome o garrote premiado do patrão que a coisa mudou. Arretado e arrastando o corpo morto do bicho, ele foi pessoalmente até a casa emprestada ao danado.

Cego de ódio, abriu a porta velha de madeira num chute. A cena lá dentro calou-lhe a alma em dois tempos.

Encostada ao canto da parede, a mãe do condenado arquejava, em sua cadeira de balanço. Suja e doente, não tinha mais o brilho do juízo nos olhos.

Virou o rosto, com uma gastura no peito, e cruzou com a imagem do corpo do pai. Deitado na rede, a boca aberta atraía moscas. Os olhos secos deitavam-se por cima do telhado. Há quanto tempo o corpo andava por ali?

Foi o que a velha não soube responder.

Naquele mesmo dia esqueceu-se do garrote e providenciou o enterro. Uma cerimônia respeitosa, mas rápida: nem mesmo o filho apareceu. O filho já não aparecia fazia era tempo.

Mesmo trazendo a pobre coitada pra dentro da casa grande, em respeito ao pacto silencioso feito entre os casais idosos, ela não durou muito tempo.

E então foram dois os enterros.

Assustada e triste, a fazenda toda procurava entender o ocorrido. Sem Zé Virgílio para se explicar, a lógica não se colocava ao seu lado.

Foi preciso quase um mês para que o empregado voltasse. Diz que na calada da noite, se ouviu uma zuada seca no pé da cancela grande e um estalado de cascos de cavalo indo embora pra dentro da escuridão.

Zé Virgílio. Quase irreconhecível, moído de bala e porrada.

A dúvida ficou no ar, mas o alívio se aninhou no coração de todos.

O enterro foi coisa triste de se ver pra quem não conhecia a história. O corpo e o coveiro, que jogou o morto pra dentro da cova como se enterra lixo.

As mortes, enfim, trouxeram alguma paz.

Até uma noite seca, de céu crivado de estrelas, quando Zé Virgílio apareceu na entrada da fazenda. Coladinho com a estrada.

Os primeiros vaqueiros vinham voltando de uma festa. Culparam foi a cachaça, fazendo que tinham nem visto.

Mas Zé se cansou de ficar só olhando e passou a chegar mais perto, pedindo serviço.

O susto maior foi quando deram fé da sepultura. Revirada, um amontoado de terra sem qualquer carne dentro.

Aperreado, o patrão mandou as mulheres pra capital e organizou uma tocaia ao defunto.

Já pegaram logo na primeira noite. Varado de bala, caiu no chão.

Foi mandado de volta imediatamente. Enterraram com o galo cantando.

A verdade é que não se passou nem três dias. Mesmo socado em caixão fechado, Zé Virgílio voltou.

Mas é que quem não queria era a terra. Gente daquela qualidade não fica no céu nem no inferno. Nem o cão quer.

Uma nuvem de aperreio caiu por cima daquela propriedade. O danado deu pra perseguir o povo de noite, chupar sangue de rés novinha. Passou a cercar a casa guinchando risos de gelar o sangue. E não adiantava balear, enterrar. Não adiantava amarrar, porque a terra era quem não queria.

Desesperado, o fazendeiro saiu sem destino em cima do cavalo e acabou na porta de um antigo empregado do seu pai, um pretinho, já velho como a fome, que lhe esperava com um copo de café fumegante.

Pitando seu cachimbo, ouviu a história todinha. Levantou-se sem dizer nada e voltou de dentro do quarto com uma vara de árvore na mão.

Agora cheio de coragem, o fazendeiro voltou. Nem bem entrou na estrada, deu de cara com o excomungado impedindo, de braços abertos, a passada do cavalo.

E teve medo de novo, porque viu de perto a cara engilhada, e sentiu o cheiro da carne apodrecida, mastigada e cuspida pela própria terra.

Sem pensar muito, ergueu a vara e desceu-lhe as pancadas.

Cansado, o corpo se partiu em tantas partes quanto foram os golpes.

Pacientemente, tirou o embornal da garupa e catou com cuidado os pedaços.

E galopou pra gruta ao pé do córrego onde enterrou, na beira d'água, os pedaços fedorentos do defunto.

E foi assim.

O patrão acha que deu certo, ele quer pensar que a vara benta do preto deu cabo de Zé Virgílio.

Por isso ele muda de assunto quando os empregados tão conversando baixinho na mesa do jantar. E dá uma boa esculhambação quando um deles jura de pé junto que viu uma coisa lá pelos lados do córrego.

Porque ele sabe, lá no fundo, que de praga de mãe ninguém se livra. Porque ele sabe que a ruindade de Zé Virgílio com seus pais teve volta sim.

"Do córrego ele passa não. Passa nada..."

É o que o patrão prefere pensar, quando escuta, de dentro da rede e perto da fazenda, um guinchado esquisito demais pra ser de uma pessoa temente a Deus.

A história terminou como sempre terminava: com aquela ruma de gente todas boquiabertas. Aos pés do público, a lona ainda andava era lotada de vagem pra ser debulhada.

— Vamos simbora, minha gente, que essa bagem não vai se debulhar sozinha não. Cuidem! — falou Maria, tirando gargalhadas das pessoas, desanuviando um pouco o clima de tensão.

— Mas já acabou as histórias? — perguntou Dona Otília, uma senhora bastante idosa e enrugada.

— Mas acabaram foi nunca, minha donzela — disse Zé arrancando ainda mais risadas das pessoas. — Se estão só começando? Tá vendo? Foi só falar... Ouviram?

E mais uma vez andavam as pessoas escravas das palavras de Seu Zé.

Foi levantar o dedo em atenção e Neto discretamente tirar de dentro da mala duas metades de um coco seco os quais foram batidos um no outro em uma perfeita e sincopada imitação de cascos de cavalo.

— Parece que a condenada da mula já anda por essas bandas...

MÁRCIO BENJAMIN

SINA

À SOMBRA DA CRUZ

A história dos dois acabou foi ali. Ela tinha falado alguma coisa sobre a festa da padroeira. Ele tinha rido. E só. Não teve aquela confusão de novela nem nadinha parecido com isso. A história dos dois acabou foi com ela deitada no peito dele falando alguma besteira.

Ele suspirou, viu a cabeça dela subindo e, quando desceu, pronto, não tinham mais era nada.

Nunca foi homem de perder tempo, era jovem ainda e não pretendia empurrar pra frente alguma coisa que já tinha acabado. É porque amor não cabe de um lado só, né não?

E foi com essa explicação que ele esclareceu as coisas. Puxou ela pela mão, sentou na cama. E ficou bem pertinho de desistir quando teve ela bem em frente da sua cara.

Nua, linda, com os cachos do cabelo moreno se enroscando que nem cobra nos peitos de bicos largos, e um sorriso satisfeito no canto da boca.

Mas foi em frente. Precisava. E jogou ali em cima da cama os seus motivos, um por um, tendo o cuidado de arrudiar os mais feios, lustrar os mais bonitos.

Quase se surpreendeu também, porque a mulher se transformou. A candura do rosto se transformou em fúria, e aqueles lábios despejaram uma série das mais absurdas esculhambações.

Com o quarto cheio de nuncas e jamais, de sacrifícios e ilusões, ela foi embora, batendo atrás de si a porta para nunca mais voltar.

Até que se passaram dias, meses.

Até que se passou quase um ano.

Um ano inteiro.

Muito bem aproveitado por ele, diga-se de passagem.

Porque a partida dela, vista por muitos da cidade, foi como um sopro de vento fresco na vida daquele padre.

Não foram poucas as vezes em que ele acordou sorrindo, exalando uma ternura quase palpável pelas crianças que encontrava. Talvez por ter perdido, junto com a partida dela, a obrigação de ter a sua.

Era com uma genuína felicidade que ele colhia as verduras de sua horta, que ele partia a sua hóstia.

Aprendera, desde sempre, a separar as coisas. A disfarçar o tom de hipocrisia no sermão.

Ora, afinal era só um rapazinho ainda. Ia abrir mão de tudo pela Igreja? A tão perdida Igreja?

Os anos no seminário não lhe deram a submissão desejada ou avivaram a chama de uma eventual homossexualidade que nunca viera. Ao contrário, as absurdas imagens dos seus dias de reclusão serviram apenas para confirmar a sua teoria de que não havia nada como a lógica.

A sua lógica. Esta sim pairava acima de tudo. Estava acima de tudo. Seu Deus.

Era aquele Deus que ele pregava com seu coração, era o seu sangue que ele bebia e servia à paróquia.

Foi um pedaço daquela lógica que ele pôs na boca da mocinha, quando a viu pela primeira vez na fila da eucaristia.

E foi utilizando seu Deus que ele não desviou seus olhos e aceitou confessá-la depois que a Igreja fechou.

E ela o fez deixar de considerar que andava desperdiçando sua vida quando ouviu a sua história. Uma história tantas vezes vista e repetida. Uma jovem viúva presa em uma cidade minúscula, algemada ao preconceito e à culpa: os ingredientes perfeitos para a supremacia da Igreja.

Não foram poucas as noites de solidão e martírio, de angústia, de um leve e doce desespero.

Até que se conheceram e ela passou a visitar a missa diariamente. Dentro de seu coração, só havia espaço para as orações ao Deus do seu amante.

Mas não contava ela, talvez nem ele, na verdade, que a coisa iria correr àquela velocidade.

Foram anos de relacionamento, abençoados por uma discrição quase inacreditável, principalmente levando-se em consideração os ares daquela cidade interiorana.

Como em uma dança orquestrada, olhos se fechavam, cabeças mudavam as direções, e o lógico não parecia fazer sentido àqueles dois.

Até que, como veio, tudo se foi, sem drama de novela ou maiores sofrimentos. Racional e lógico. Como também era o Deus daquele padre.

Foi em que ele deixou de pensar quando notou a menina loira entrando sorrateira pelo canto da Igreja, esgueirando-se por trás dos bancos. Pálida como uma santa, ostentava um véu branco sobre o rosto. Parecia absorta demais na missa para ser sincera.

As suspeitas se confirmaram quando o jovem padre demorou seus olhos nos dela. E, assim, a atendeu depois da missa.

Decidiu confiar na proteção da sua lógica e aceitou que ela tivesse idade suficiente para receber a eucaristia. Por isso não demorou em desabotoar-lhe a blusa em busca dos seios ainda tímidos.

Assim que se despediu da menina, sentou-se por uns instantes no banco da Igreja e, sem saber por que, procurou lembrar-se da missa em latim.

"Credo in Deum, Patrem omnipotentem..."

E ouviu, ainda ao longe, um ruído seco estalando nas pedras da rua.

"Filium eius unicum, Dominum nostrum"

Novamente. E mais uma vez. E de novo.

"Agnus Dei, qui tollis peccata mundi: misere nobis"

Desta vez próximo, mas ainda impossível de ser identificado.

Tomado pela curiosidade, o padre aproximou-se das grandes portas de madeira e procurou decifrar aquela zuada.

Mas não precisou, porque em segundos a resposta formou-se bem em sua frente.

Um cavalo.

Um enorme e decidido cavalo negro aos pés da Igreja.

Um grande animal quase igual aos outros que não levou muito tempo para subir as poucas escadas do templo, alcançar o padre, e matar-lhe, pisoteado como uma cobra, aos pés do cruzeiro azul desbotado.

No chão, aos pedaços, mas ainda consciente, o padre reconheceu no monstro os olhos da mocinha. Eram os mesmos olhos cor de fogo que ele vira pela primeira veza há tantos anos.

"Amen. Amen."

Foi o que pensou, afinal, ao apagar a sua vista de vez, a tempo de ver a labareda de fogo que se derramava do pescoço daquele animal. Um amaldiçoado que começava naquela noite, a sua sina em direção ao primeiro dos sete cemitérios.

— *Deus me defenda, Seu Trancoso* — benzeu-se Dona Otília, arrepiada da cabeça aos pés. — *Só mesmo Nosso Senhor por nós.*

O velho sacudiu a cabeça.

— *E às vezes nem ele, minha Senhora, quando é chegada a hora, nem ele...*

MÁRCIO BENJAMIN

SINA

A PROCISSÃO DE NOSSO SENHOR MORTO

— E já acordou, voinha?

Encostada à janela, Dona Maria repuxava com delicadeza a toalhinha cuidadosamente bordada. A imagem, pouco a pouco, tornava-se o rosto de Jesus Cristo.

— Hoje é a procissão.

— Eu sei.

— Nosso Senhor vai passar aqui na frente, coitado.

A neta riu. Achava graça sempre da importância que a avó dava à figura daquele nazareno de madeira, tratando-o como gente.

— Deixa eu ver.

A velhinha estendeu o pano. O rosto, lavado em sangue de lã, já tomava forma.

— Quêde seu avô? Ainda vai demorar pra chegar do curtume?

A neta respirou fundo.

— Acho que não, Vó.

— Quero que ele veja comigo a procissão. Acha lindo.

Mesmo depois de tanto tempo de doença, a moça ainda não tinha se acostumado. Talvez porque os surtos eram rápidos. Mas certeiros. O avô tinha morrido fazia anos, nunca o conhecera.

— Vamos, Dona Maria, deixe essas agulhas aí, tá quase pronto mesmo. Chegue comer.

Sentaram-se à farta mesa do café. Bolos, carne, macaxeira, coalhada.

O alimento da senhora foi dado com uma colher, em pequenos bocados de amor e paciência, por Severina, amiga já de tanto tempo que vivia com elas.

— Raspe o prato, Dona Maria, senão Nosso Senhor não vem.

— E eu perguntei foi nada a você, sinha atrevida! — resmungou Dona Maria.

Severina também se acostumara fazia era tempo. E fez Dona Maria raspar o prato.

Lá fora, a cidade em polvorosa. Só quem viveu muitos anos em cidade de interior sabe o que significa uma Sexta-Feira da Paixão.

As janelas das casas por onde passava a procissão devidamente decoradas. Toalhas bordadas penduradas nas janelas, pequenos altares por onde ia passar o Nosso Senhor já morto.

Com os preparativos bem encaminhados, a neta resolveu dar uma volta pela cidade. Procurou a todo custo convencer-se que andava sim com saudade de sua terra, de tomar um bom café com sequilho na casa dos amigos antigos, conversar uns cinco dedinhos de prosa.

Mas, bem lá no fundo, naqueles lugares dentro do peito da gente, já empoeirados por falta de visita, por falta de coragem, ela sabia que já não aguentava a decadência da avó. Foi avisada sim, mas por um momento achou que podia ter sido erro dos médicos, podia não? Essas coisas acontecem, ora.

Mas já não suportava as ausências, os surtos de raiva, a desorientação. Tão ativa que era, inteligente, agora resumida a uma criança, que já não tinha forças nem pra fazer as suas necessidades sozinha.

Mandou longe aqueles pensamentos com uma sacudida de cabelos e debandou-se à Igreja pra ver com padre Ribeiro os últimos detalhes da procissão, o que tinha preparado pra avó.

Um a um, subiu os degraus do patamar.

Vontade de pular, cantando as velhas cantigas de roda. Mas ainda se lembraria? A sua filha não.

Empurrou de leve a maciça porta de madeira carcomida e deixou-se levar pelo cheiro de guardado que lhe trazia tão boas lembranças.

A luz entregou a sua presença. Em frente ao altar, virou-se o padre, chamando-a pelo nome, quase correndo em sua direção.

— A bença, Padre!

— Deus abençoe, minha filha! Como anda Dona Maria?

Desorientada, Padre, sem controle das necessidades, brigando com Severina. Já fugiu algumas vezes. Na última, por milagre, não foi atropelada.

— Tá bem, Padre.

— Amém.

— E a procissão?

— Ah, minha filha, daquele jeito que você conhece. Tem um mês que não se fala em outra coisa na cidade. É sempre assim, a gente pensando que vai dar errado, e na hora, corre tudo bem. É como um milagre.

Milagre seria minha vó ficar boa, Padre. Isso sim seria um milagre.

— Tá tudo combinado pra menina entregar a vela na passagem do andor?

— Sim, minha querida. Tudo acertado. Por sinal, a menina é até afilhada dela, Ritinha.

— Ritinha, de Mané Figueiredo? Vailha-me, Deus! Saí daqui com ela no bucho da mãe.

— Cresceu. Tá uma mocinha. Vai sair de anjo.

— Tem perigo de errar, de se perder, de ficar nervosa?

— Basta! Só sendo. É porque você não viu a menina. Falante que só. Já cantou na igreja, rezou, fez de um tudo. O povo aqui chama de vereadora.

— Que bom. O senhor entende, não é, Padre? Isso é muito importante pra minha avó, ela dá muita atenção à procissão. Trata Jesus como amigo antigo, o senhor veja.

— Se todo mundo fizesse isso, minha filha, o mundo não estaria do jeito que tá.

— Pois é.

— Mentiras, pecados, falta de vergonha, isso é culpa da...

Sermão. Não agora, por favor.

— O senhor me desculpe, Padre, agora tenho que ir. Já tarda e eu ainda preciso ver com Severina a janta de vó.

— Claro.

— A bença?

— Deus te abençoe.

A moça virou as costas. Até que ouviu um murmúrio constrangido chamando pelo seu nome. Era o padre.

— A... a contribuição.

— Ah, meu Deus! Claro, padre Ribeiro, tá aqui no bolso, que cabeça a minha, o senhor me desculpe, por favor!

Estendeu um cheque que o padre recolheu avidamente.

Ela ainda pensou em oferecer o pagamento em tíquete — refeição, cartão de crédito. Mas não. Tinha sido suficiente para o seu ego a demora em pagar.

Sempre fazia aquilo quando precisava entregar algum dinheiro àquela igreja. Como uma patética forma de se vingar das surras de vara de marmelo aplicadas no catecismo de Padre Ribeiro, dos olhares reprovadores que davam um jeito de atravessar a tela do confessionário.

Mas no final, invariavelmente, sentia-se envergonhada e deixava a igreja sem olhar pra trás. Era como se os anjos e santos do altar a reprovassem, em sua muda rejeição.

Abriu novamente as portas de madeira dando de cara com o pátio arrumado pra procissão. E retornou mais alguns bons anos quando viu as bandeirinhas, o carro de som anunciado a festa. Teria passado tanto tempo assim?

Refeita de felicidade, seguiu de volta.

Chegando, observou Severina arrumando as coisas, que de tão absorvida, parecia uma fotografia pintada na parede.

— Cadê Dona Maria?

— Onde mais? Na beira da janela, terminando o Nosso Senhor.

A neta suspirou fundo e entrou no quarto. À beira da janela, a Avó deitada na cadeira de balanço, com a boca aberta. No chão, agulhas e linha vermelha. No colo trazia a imagem feitinha de Nosso Senhor Jesus Cristo.

— Vó? Dona Maria? Dona Maria!

A velhinha acordou sobressaltada.

— Que era, minha filha? Ave! Quer me matar?

— Nada, Vó, desculpe.

Silêncio. Dona Maria se recuperando do susto.

— Deixe eu ver.

Ela abriu a toalha bordada. Perfeita. Uma imagem de Cristo real demais pra ser bordada. Quase sentiu o cheiro do sangue.

— Tá lindo demais, minha vó. Demais.

— Coloque na janela.

— Já?

— Sim, fica tão pouco tempo mesmo. Não vamos desperdiçar.

— Tá.

Orgulhosa, estendeu a toalha. Desacostumados com a apresentação tão adiantada da toalha, as pessoas juntaram-se aos montes. A neta tinha perdido o costume daquela falta de novidades das cidades pequenas, onde tudo se torna um acontecimento.

Inflada de orgulho, Dona Maria dava os detalhes do bordado aos interessados. Fios, modelos, estampas, cores, perdiam-se nos lábios enrugados da senhora. A neta achou melhor deixá-la colher seus louros. Quis guardar na cabeça aquela imagem dela assim tão boa, tão saudável.

— Ô, minha filha.

— Diga, minha avó.

— Deixe lá na mesa o prato pronto de seu avô. Ele chega já e deve tá morrendo de fome.

Desiludida, a neta balbuciou qualquer coisa e foi deitar-se.

Naquela tarde teve talvez o pior sonho de sua vida: um Nosso Senhor de carne e osso martirizado pela cidade em polvorosa. Em frente à procissão, Dona Maria.

Acordou banhada de suor, com o dia indo embora. Sentou-se na cama, respirou por alguns instantes e seguiu ao chuveiro.

Lá dentro, deixou a água salobra cair levemente sobre a pele. Seu cabelo ficaria um horror, sim, mas e daí? São só alguns dias, no fim das contas.

Tirou o vestido passado do armário cuidadosamente e vestiu-se da mesma forma.

Sentada na penteadeira, escovava devagar os cachos, já vendo pelo rabo do olho, as chamas das primeiras velas da procissão a bruxulear pela cidade meio escura.

E ouvir as melancólicas ladainhas a lamentar a partida de Nosso Senhor.

Já pronta, dirigiu-se à janela para encontrar-se com Severina e Dona Maria.

As duas arrumadinhas como bonecas de feira. Dona Maria tendo os longos cabelos brancos cuidadosamente penteados por Severina. Depois presos num respeitoso coque. Na janela, a toalha balançava com a discreta brisa de começo de noite.

— Parece que hoje vai fazer frio — dizia a senhora.

— Do jeito que tá, vai sim — respondeu Severina.

— E eu tô nem falando com você, sinha enxerida, tô falando com minha neta.

— Deixe Severina, Dona Maria. Ela tá até penteando seu cabelo. A senhora se apronte mesmo que Nosso Senhor vem já.

— É.

Com delicadeza, um som harmonioso tomou a noite. Triste como um aboio, as vozes femininas cantavam a remição dos pecados.

Pouco a pouco a luz foi ficando mais forte, assim como o som.

E Nosso Senhor apareceu. Lindo em seu andor, atravessava a cidade. Aos prantos, Verônica limpou-lhe o rosto estendendo o pano aos presentes, que aplaudiram. Naquela noite, todos decidiram esquecer-se que ela trabalhava no armarinho. Era Verônica. E enxugava o rosto de Cristo.

A procissão parou bem dizer em frente à janela de Dona Maria.

Do grande grupo, destacou-se uma senhora de preto. Beata antiga, provavelmente, que caminhou sem pressa em direção à toalha bordada.

Magra e digna, trazia em suas mãos a vela de Dona Maria.

A neta por pouco não teve um colapso. Que troca foi aquela em cima da hora? Quem decidiu substituir a menina? Teria sido necessário? Teria ficado nervosa a pequena?

Orgulhosa, Dona Maria segurou a grande vela branca acesa.

— Louvado seja Nosso Senhor Jesus Cristo! — disse a beata em uma voz sem emoção.

— Para sempre seja louvado — respondeu Dona Maria.

E partiu a procissão. Todo ano era a mesma coisa. Dona Maria corria para a porta, acompanhando até onde podia os últimos passos das pessoas e via, com alguma tristeza, as vozes indo embora de leve.

— Ô, coisa linda, meu Deus.

— Muito, Vó. Agora vamos deitar que tá tarde e a senhora já se cansou demais por hoje.

— Guarde minha vela, minha filha.

Ainda transtornada, a neta assoprou a vela branca bordada, guardando-a no baú. Amanhã aquele padreco de merda ia ouvir umas poucas e boas. Ah, se ia! Onde já se viu?

Com cuidado, tirou o vestido da avó e colocou-lhe a camisola. Desfez o coque no cabelo, penteando-o com delicadeza. Naquele momento, mais uma vez, a neta fingiu que estava tudo bem. Até porque Dona Maria parecia outra. Como uma criança, não conseguia parar de falar na procissão, na beleza dos santos, de Nosso Senhor. E também de falar mal de algumas pessoas, vivas e mortas, porque ninguém é de ferro, né? Falou e falou até que fechou os olhos, cansada, e dormiu.

Depois de cobrir a avó, a neta deixou o quarto e dormiu um sono sem sonhos.

Acordou com os gritos lacrimosos de Severina.

Levantou-se, sem acordar, e correu ao quarto.

Seca como um graveto, estava Dona Maria na cama. Rígida. O pavor no rosto e as mãos em garra denunciavam um medo inexplicável.

A mente da neta não entendia.

Não entendia.

Até que o telefone tocou.

Sem saber o que fazer, atendeu.

Era padre Ribeiro.

Ligava pra se desculpar. A menina ficou muito nervosa, chorou muito e não foi à procissão.

Desculpas. O dinheiro estava com ele, se quisesse pegar de volta.

Mas Dona Maria recebeu a vela. Uma vela grande, Padre, linda! Bordada com cuidado ao redor.

Eu mesma...

O baú.

A neta deixou o telefone cair ao abri-lo.

E perdeu as forças nas pernas, indo ao chão, quando encontrou, dentro do móvel, um imundo e ainda escarnado fêmur humano.

Deitado na esteira improvisada, Neto cochilava, ainda com o som dos aplausos pras histórias do seu avô. Era o seu maior orgulho, a melhor parte nas viagens pra Fazendas. Enrolado no lençol fino do lado de fora do alpendre, só se ouvia a zuada das cigarras e vez por outra um estalado de mato pro lado da porteira fazendo parêia com o roncado agoniado dos adultos e crianças espalhados pelo oitão do chão sem fim.

Aperreado, o menino não conseguia pegar no sono, não queria pregar os olhos naquela casa onde tinha acontecido tanta da coisa ruim. Ao seu lado, Seu Trancoso dormia como sendo assim uma criança, talvez sonhando com uma ruma de outras histórias pra contar.

Neto suspirava fundo, tentando se lembrar das palavras do Credo, a oração feita pra espantar tudo quanto fosse coisa ruim...

Creio em Deus pai todo poderoso, criador do céu e da Terra... e da Terra...

E o resto, era como?

Neto?

O menino arrepiou-se do pé à ponta.

Ainda ergueu a mão pensando em cutucar o seu avô. Sabia o que significava quando não se consegue rezar uma oração. O mal andava por perto, pensando nele. Mas desistiu no meio do caminho. Não queria que seu avô achasse que ele era um caba frouxo.

Bem que Dona Maria disse, já era um homem, era não? Lembrou-se das tetas grandes e gordas e um calor estranho lhe subiu no meio das pernas. Como seria bom se pudesse afundar a cara bem no meio daqueles peitos. Tão diferentes dos carocinhos de Luzia, que ele tinha visto tomando banho no açude. A mocinha tinha pelos no meio das pernas, será que Dona Maria...

Neto?

Agora não, agora a voz tinha sido firme e clara, como um sussurro bem no pé do ouvido.

Sentindo a suspiração pesar, Neto cobriu-se com o lençol, mas o frio daquela noite de lua lhe cobrou o preço e o menino sentiu a bexiga apertar.

Vagarosamente, levantou-se com cuidado e saiu catando espaço entre os corpos deitados.

Com muito cuidado, saiu escolhendo mato em direção à beirada da cerca onde pudesse se aliviar.

A cada passo se lembrava dos conselhos do avô.

E se vir malassombro, menino, tenha medo não e diga: não tem que possa mais do que Deus!

Ora tenha medo não, meu avô. Como é que não se tem medo?

Como que a afugentar aquele silêncio de morte, apressou o passo e quando deu fé já tava era colado na cerca. Sem pensar, abaixou o calção grande e deixou o mijo quente descer.

E ali tudo sumiu. Não andava mais com medo de bicho ou de alma, só sentia o alívio lhe preencher a alma levando bem pra longe de si aquela agonia sem fim.

Sorridente, Neto ergueu a roupa e pensou em voltar pra cama quando sem ter nem pra quê viu diante de si.

Aos seus pés, uma imensa porca. Um gigantesco animal branco, reluzente, cercado de porquinhos, prestes a lhe devorar a pinta.

Sem tempo de raciocinar, e com a fala presa dentro da língua, Neto só conseguiu fugir em desembestada carreira na direção da sua cama, do seu avô.

Foi parado, contudo, por uma parede de gente que lhe derrubou no chão. Era Tião, de olhos arregalados, tão aperreado quanto ele.

— *Você viu ela, num viu, menino?*

Em pânico, Neto só conseguiu sacudir a cabeça.

— *Ela voltou* — *murmurou Tião.* — *A condenada voltou...*

MÁRCIO BENJAMIN

SINA

A PORCA

— Num sei onde tu tava com a cabeça, Tião!

— Me deixe, Maria.

— Num sei onde eu tava com a cabeça pra me bandear presses lados com você.

Aquela foi a gota d'água. Sebastião sabia que não podia culpar a esposa, sabia que a intenção era boa, mas pra ele foi demais. Levantou-se da mesa quase sem puxar a cadeira, catou a mulher pelo braço e arrastou até a frente da porta da cozinha, que dava pra uma escada de pedra, ao lado da casa.

— Então, vai!

— Tião...

— Vai, Maria! Segue teu caminho, te dou dinheiro, depois te mando tuas coisas. Se você não confia em mim, vai de uma vez!

Quando sentiu o frio da madrugada lambendo os seus braços, Maria ficou. Não por confiar em seu marido, mas por medo do que ela não podia entender.

E abraçou-se a Sebastião, pedindo uma ajuda que ele não podia dar.

Adormeceram os dois juntos no meio da cozinha.

Quem andasse na casa pela manhã ia estranhar, ou maldar, quem sabe, os olhos avermelhados e cansados daquele casal. Sem filhos ainda, bem que o povoado pensava que aquilo era cansaço de lua-de-mel estendida.

Quem dera.

Sebastião, morador do sertão fazia tempo, tinha ido estudar na capital e, com a morte do pai, debandou-se pra cuidar da propriedade. Podia muito bem ter vendido o terreno, mas tinha muito roçado ao redor e quando se falava em terra, ele confiava era no olho do dono.

Recém-formado em medicina de bicho, bandeou-se pro interior. Custo mesmo foi trazer a esposa.

Maria, professora de menino pequeno, nascida e criada em cidade grande, conheceu mesmo lá perto da faculdade, moça bonita, bem-criada, mas teimosa como uma mula.

Só tinha visto vaca em televisão. Mas era orgulhosa demais pra admitir que não ia conseguir.

E vieram. Chegaram juntos, na primeira condução. Trouxeram tudo o que puderam e o que não puderam, pra que aquele lugarzinho ficasse tal qual uma casa.

E não é que ficou? Pelo menos por um tempo.

A propriedade ajudou, ah se ajudou. Grande, espaçosa, cercada de colheita e árvore de fruto por todos os lados, parecia que o milho, que as laranjas, iam jorrar nas mãos do povo.

E não é que jorraram?

E foi de vento em popa a propriedade. Um pouco pela competência de Sebastião, novo ainda, se adaptando à cadência do interior, um pouco pela insistência de Maria em ajudar a ensinar os meninos, mais chucros que os burros-mulos. E muito pela fama e pelo carinho que o povo da cidade nutria pelo pai de Sebastião, morto fazia pouco de maneira que nem tem muita explicação.

Foi da segunda pra terceira colheita do feijão que tudo começou.

O casal debulhava vagem na cozinha quando escutou um berro agoniado lá pelo lado do portão. Uma coisa feia mesmo, de gente ferida, machucada.

Os dois trocaram olhares e Sebastião foi mais rápido. Arrancou a espingarda dependurada na cozinha e se mandou noite adentro, mandando Maria trancar tudo.

A mulher num instante soube se agarrar a Deus, rezando um rosário sem pais-nossos.

Mas Sebastião voltou sem certeza. Que foi grito de gente, foi, mas não andava mais por perto. Aconchegou Maria na cama e deitou a espingarda na cabeceira, só por precaução.

A procura fica melhor de dia, sussurrou no ouvido de Maria, que, protegida, se deixou dormir.

O dia veio, a procura veio, mas acharam foi nada. Ele e mais uns três empregados rodaram de cansar a fazenda e nada. Nada de gente morta, nada de rastro de bala, de rastro de sangue.

E voltaram pra casa decididos a esquecer aquela noite.

Mas foi impossível, porque nem se passou um mês que tudo voltou. Dessa vez foi no meio de uma festa de São João. Restavam poucas pessoas quando se ouviu o grito. Um lamento agourento, sofrido assim, podia sair de uma garganta humana?

Foi o que perguntaram os que ficaram. E não receberam resposta.

Daí pra frente tudo piorou, porque na fazenda só ficou a cozinheira e o jagunço do pai de Sebastião. O resto desapareceu sem deixar rastro, porque sabe que casa quando se assombra, é de vez.

E o povo que foi embora levou junto a saúde da terra, dos animais, porque dali então nada mais foi pra frente na fazenda. As plantações viçosas secaram, os animais prenhes abortaram. Todos de uma vez.

— Foi só os animais não, Tião — foi o que disse Maria, de uma forma meio mórbida, brandindo o vestido lavado de sangue.

Segurando a mão da mulher, Sebastião perguntou o porquê.

— Era seu presente. Ia contar na festa do aniversário — disse ela entre lágrimas.

Moído de tristeza, Tião foi dar uma volta. Armado de espingarda e encharcado de cachaça.

Cansado, sentou no pé do juazeiro e desatou a chorar.

Até que ouviu, bem alto e claro, o urro agoniado arrudiando a casa.

Num pulo, encheu a espingarda e partiu pra cima, pronto pra matar no dente o bicho que tinha lhe destruído a vida.

Mas nem com todo o ódio do mundo ajudou o fazendeiro a lidar com aquilo.

Uma porca, rapaz, mas falando assim... um bicho imenso de grande, branco, gordo e brilhoso. Cercada de sete porquinhos, todos a serem como a mãe.

Foi só ver a cara de Tião que lhe virou o focinho e partiu pra cima em desonerada carreira que não tinha nada a ver com seu corpo. Tião quase não teve tempo de chegar nas escadas, a sorte é que Maria tava na beirinha da fechadura, esperando pelo marido.

— O que foi, Tião?

— Tu viu, Maria?

Nada. Ela correu porque ouviu os gritos dele. Nada de grito de bicho, de nada.

E dormiram ali, na porta da cozinha mesmo. Ele armado.

No outro dia sentaram-se e Tião explicou tudo.

Longe de fazer qualquer espécie de descrença, Maria queria uma resposta, e rápido.

— Não tenho o que lhe responder, Maria. Deve ser um bicho doente, sei lá. Vou matar ele amanhã.

E Sebastião aguardou, armado, no pé do juazeiro e sozinho. Naquele dia deu folga aos poucos empregados, que, nervosos, já começavam a achar que o patrão tinha perdido o juízo.

Sebastião esperou, cochilou de arma na mão e quase perdeu o juízo sim, quando deu de cara com a porca a poucos palmos dele. Horrorosa como a fome, fedorenta como a peste, o bicho já se preparava pra lhe comer o pé quando o fazendeiro disparou.

Dentro de casa, um grito de mulher.

Sebastião correu a tempo de ver a esposa no chão banhada em sangue.

— Vailha-me, Deus.

E partiu, desesperado pra cidade atrás de um médico.

Chegaram lá de manhã, mas o ferimento foi de raspão, disse o doutor, e ela ia ficar boa. Só não foi possível controlar o falatório do povo do interior. Pra quem tava ficando doido, não custava nada atirar na mulher.

Mas Sebastião não se importava. Só precisava saber como ia se livrar daquele encosto que lhe puseram.

Foi voltando da cidade que teve a ideia. Parou em frente ao patamar da Igreja e foi se aconselhar com Deus. Pediu pra falar com o padre, mas omitiu os detalhes de sua desgraça.

O bom homem, apercebido do aperreio de Sebastião, prometeu-lhe naquela noite mesmo uma missa.

Meio sem saber o que fazer, restou-lhes a volta pra casa.

Na porta da fazenda já se via a desolação. Esgotados, os dois entraram de mãos dadas, e, jogados na cama, nem perceberam que anoitecia.

Só acordaram com um grunhido no pé da porta da cozinha. Um grunhido que Sebastião conhecia bem.

O homem se bandeou pra prataria, puxou a maior faca e abriu a porta num pulo.

Aos seus pés, luminosa e delicada, andava a porca, cercada de seus filhotes. Que lhe olhou bem nos olhos e virou as costas, sumindo antes de chegar na estrada.

Dali pra frente foi só fartura: não foram só as plantações e os bichos que deram cria não, porque Maria deu à luz dali nove meses certinhos a um menino gordo e saudável.

O padre, já vivia ali fazia era tempo, e sabia muito bem da história da porca, porque foi ele que juntou os miolos estourados do pai de Sebastião, foi ele que ajudou a encobrir um por um os sete abortos que fizeram na escrava mais bonita daquela fazenda, cada um prometido ser o último. Tendo cumprida a promessa só no sétimo, quando a mulher perdeu a vida.

A missa, no fim das contas, foi pra ele também.

— Eu posso ficar, Tião — disse Trancoso.

— Não, Seu Trancoso. A gente sabia que ela ia voltar não importa pra onde a gente fosse. Veio cumprir sua sina.

De olhos arregalados, Neto nem respirava, observando a despedida de cima do cavalo velho.

— Sinto muito que o menino tenha visto essa condenada, mas agora já é tarde. Eu e Maria estamos aqui e vamos encarar de frente o nosso destino. De uma vez por todas.

Zé Trancoso fez que sim com a cabeça e respeitou a decisão. Do destino, sabia, ninguém foge.

— Vá com Deus, meu amigo, e muito obrigado por tudo! Ontem suas histórias fizeram a alegria desse povo, coisa que ninguém aqui vê faz tempo.

O velho sorriu e engoliu o aperto da despedida com uma pancada seca nas ancas do animal, que correu em disparada, seguindo o rumo da próxima fazenda.

— Meu Deus, Zé! Mas e o que aconteceu com esse povo? — perguntou Margarida, indignada.

Antes que pudesse abrir a boca, foram surpreendidos com a figura apressada do homem magro já meio pintado como palhaço. Trazia a pele vermelha curtida de sol e cachaça, e os olhos azuis embaçados.

— Margarida de Jesus, cuide que Zenom tá doido atrás de tu. A tenda ainda tá no chão e você ainda não ensaiou um pinote do seu número!

— Venha, vamos trabalhar. Depois você me conta o resto — decidiu Margarida, andando em direção ao picadeiro.

* * *

— Bora, magote de molenga, puxem! — gritava Zenom.

Com firmeza, os homens puxavam a corda vendo subir levemente a tenda acanhada. Sentada no tamborete, Margarida se abanava com um leque esfarrapado enquanto aguardava com enfado a realização da tarefa.

— Puxem! — berrou Zenom.

E num instante a tenda estava de pé. E foi como se ali o circo funcionasse. Num instante os homens correram pra dentro e puseram também de pé tudo que mais se precisava.

Banhado em suor, Zé sorria, bestinha com a obra que ajudou a construir.

— Que foi, ômi? — perguntou o palhaço, já com o resto de maquiagem aos pedaços. — Nunca viu circo não?

— Ver eu vi, nunca tinha era colocado um pra subir.

— Sempre tem uma primeira vez pra muita da coisa.

— E apois?

Num rompante, Margarida entrou no picadeiro e sem avisar pendurou-se por entre os seus panos coloridos, voando sem asas por debaixo da lona.

Zé ficou sem chão. Cada revoada da trapezista era como uma flechada no peito. Uma falta de ar lhe apertou a garganta enquanto um medo antigo lhe tremeu as pernas.

— Agora, meu amigo palhaço, num tem história que barre a beleza dessa aí não, viu? — disse, num último suspiro.

O palhaço entronchou a boca e disse com seriedade:

— Meu amigo, vou lhe dar um conselho que você não me pediu. Mexa com o cão, mas deixe Margarida quieta. Ela é de Zenom.

— Votz, e gente ainda tem dono? — perguntou Zé, tentando acalmar um pouco o clima.

— Essa aí tem. Além do mais...

O palhaço olhou pros lados e aproximou-se, como se alguém pudesse ouvi-los e Zé sentiu forte a catinga de cachaça.

— Essa Margarida aí de flor não tem nada. Muito cuidado com essa mulher. Principalmente se ela se apaixonar por você.

As últimas palavras morreram dolorosas na boca do palhaço e entendeu-se um pouco mais do que gostaria. Como adivinhando, os olhos de Zé e Margarida se cruzaram e ele entendeu o quanto estava perdido.

— É, meu amigo, do destino ninguém foge. Quando o amor bate forte, não tem quem resista. Mesmo sabendo que vai se pebar todinho — o palhaço sacramentou, em uma voz tomada de tristeza.

SINO DE IGREJA
[PARA SEU GERALDO]

— Amém.

Encostado no banco mal ajambrado, Geraldo observava o finalzinho da missa de domingo. Sozinho, acompanhava o mar de gente, todos conhecidos, que saiam sem pressa, bodejando animados sobre o tempo e a política.

Atravessou a multidão, falando com os que podia, e saiu pra se encostar na entrada da igreja, enquanto acendia o seu brejeiro.

De longe, o azul infinito, sem nuvens, lhe angustiava o juízo. E se não chovesse? Como ia ficar a plantação? São José se aproximava, e precisavam de uma gotinha d'água que fosse pra garantir a produção.

— Mas vai dar certo — pensava, enquanto lambia o cigarro com cuidado.

Aí que veio, sem avisar, como vêm todas. Ainda que quisesse, ela não poderia se esconder. Geraldo primeiro notou os brincos, incomuns naquela comunidade tão pobre. Dos brincos à boca, vermelha, e finalmente ao vestido, elegante e bem cortado.

Como tomado de maleita, num instante começou a tremer inteirinho, com o coração aos sopapos, lapeando, lapeando. A suspiração cortou-se em menos da metade e, pela primeira vez, sentiu a vista escurecer.

E num golpe mais certeiro que degola de galinha, vieram os olhos: verdes, firmes, brilhosos como brasa de fogueira; a cortar os seus, agora assustados, atentos. Apaixonados.

Num instante reviu a sua vida e achou tão sozinha, seca, como prometiam aquelas nuvens. Por que nunca uma mulher? Por que sempre a cama tão vazia?

— Isso ainda vai lhe fazer mal, criatura! Homem sem mulher, a semente sobe pra cabeça! Perde o juízo! — brincavam os outros, nas cachaças de fim de semana.

Geraldo tinha uma boa condição. Vivia da terra, como os outros, mas arrancava dente, sabia das plantas, e ajudava quem podia. De boa mão com bichos e certeiro com sementes, ainda se dava bem com todos. Só não entendiam como andava só.

— Pra mim, ali tem coisa errada — já diziam os mais maldosos.

Mas pra ele não fazia falta. Quando a coisa esquentava, visitava o beréu, sempre com uma e com outra, e se resolvia. Mas aí é que piorava, pelo menos pra mulheres. Vistoso, bem de vida e solitário, perturbava o juízo das moças de más e de boas famílias. Até de casada já recebeu bilhete, prometendo mundo, fundos e fugas. "Se tu for embora comigo deixo tudo", dizia no papel cheiroso a esposa do dono da budega. Mas Geraldo só ria e sacudia a cabeça como quem espanta um pensamento ruim.

Até hoje, quando tudo fez sentido, afinal, era pra ela. Esperou tanto tempo foi pra ela.

Mas antes que pudesse lhe dizer alguma coisa, a moça sumiu por dentro da igreja, sob os olhares curiosos e acusadores de alguns.

Geraldo não contou conversa. Sem sentir, as pernas o levaram pra dentro novamente, a tempo de ver o vestido negro seguir pra o confessionário.

Precisava se apressar, pois sabia que logo depois da missa, o padre dava uma fugida pra sacristia e vez por outra tomava uma dose do vinho, pra descansar um pouco a cabeça, antes de ouvir o pecado dos outros.

Sem pensar, esperou a moça entrar no cubículo e correu.

Ainda com o peito aos pulos, sentou-se do outro lado do confessionário e seguiu com o mastigado tantas vezes acompanhado do outro lado.

Os olhos verdes, doloridos e atentos, atravessaram as frestas da madeira e lhe atingiram em cheio o coração.

Mas nem Geraldo, vivido que era, estava preparado para o que saiu da boca da mulher.

— Me perdoe, Padre, porque eu pequei. Há tempos entreguei meu corpo e minha alma na mão do demônio.

Arrepiado, Geraldo agarrou-se na barra da sua fé, no seu amor pela mulher, e pediu perdão a Deus por ela.

Em detalhes, a moça contou que nunca conheceu os pais. Foi criada pelos parentes, que maldosamente souberam se aproveitar de sua beleza, e a emprestavam, a troca de bons mil-réis, para quem pudesse pagar. Perdeu a conta das crianças que matou dentro de si e, já perdida, passou a repassar o aprendizado a outras mulheres, que também não quisessem ou não pudessem ter filhos. Na volta de um serviço, deparou-se com o tinhoso em pessoa, que em uma cruza de caminhos, lhe prometeu tudo, desde que abrisse mão de sua alma.

— Valeu a pena. E eu lá tinha alma, seu Padre? — disse, tristemente.

O acordo foi feito, selado com sangue, e de lá pra cá choveu foi ouro na vida daquela moça.

Mas o mal sempre cobra o seu preço, e em pouco tempo, todos ficavam sabendo do que acontecia naquela casa afastada, e por muitas vezes, esteve com sua vida em risco, ainda que, toda vez, finalmente, era salva pelo cão.

E de novo a história se repetia. Uma deu com a língua nos dentes, e a história foi dita só pra outro, que contou só pra um, de confiança, que não ia dizer a ninguém, assim, em poucos dias, a sua vida andava mais uma vez em perigo. Precisava ir embora.

De todo o contado, essa enfim foi a parte que mais assustou Geraldo. Como ela ia embora, se veio pra ficar foi com ele?

Sem pensar, o homem abriu a portinhola de madeira.

— Apois eu vou mimbora contigo.

De primeiro assustada, a mulher depois sorriu, porque viu ali se confirmando a história que o Diabo tinha lhe dito. Do homem que ia olhar por dentro da sua carcaça perdida e ia enxergar-lhe o coração.

Decidido, Geraldo pegou a mulher pela mão e a levou pra casa, com uma felicidade sem fim lhe rasgando a garganta.

Em pouco tempo chegaram no sítio acanhado e passaram a empacotar as poucas coisas. Iriam embora.

Sem pensar, Geraldo colocou vendeu tudo a preço de pai e conseguiu com Seu Miúdo, da bodega, uma carroça e uma égua.

— Geraldo, meu amigo, tome cuidado, pelas caridade. Essa história tá muito mal contada. Já ouvi muita coisa sobre essa mulher.

Geraldo trincou a vista.

— Miúdo, se você preza pela nossa amizade, fale nunca mais dela. Agora tamos é juntos. Agora nóis é um — disse com firmeza.

— Você quem sabe, meu amigo — disse um Miúdo angustiado. — Independente de qualquer coisa, você tem um irmão aqui. Apareça de vez em quando. E fique com Deus.

Geraldo sorriu, sabendo que tinha feito uma troca. A mulher por qualquer um, por todos.

Estalou os arreios no cavalo e partiu pra nova vida. Com sua mulher do lado.

Sem rumo, por dentro e por fora, demoraram muito, comendo o que dava, vivendo do que vinha, até chegarem ao povoado mais longe que a égua conseguiu alcançar.

Ainda que inicialmente desconfiadas, as pessoas logo quiseram confiar naquele casal tão afável. Os dotes de Geraldo num pulo fizeram cama na comunidade tão carente e ambos foram muito bem acolhidos.

A vida seguiu o seu curso natural e em pouco tempo a mulher começou a ser tomada por desejos estranhos e a engrossar a cintura.

Mas o que daria tanta felicidade a todas, trouxe tristeza àquela. Uma tristeza doída, definitiva, que durou toda a gravidez, fazendo a mulher minguar, murchar como planta sem água.

Até que, já perturbado, Geraldo pressionou a esposa.

— Você não entende — respondeu ela, num fio de voz.

— Entendo não. Por isso que tô lhe perguntando.

A mulher suspirou fundo, doído.

— Deixe pra lá.

— Não deixo não, deixo nada. A gente nunca escondeu nada um do outro, não vai ser agora que comecemo. Agora que vamos ter um filho.

— Você não entende... — repetiu.

Como que ouvindo, o bucho derramou-se por entre as pernas da mulher.

— Vailha-me, Deus, o menino tá chegando. Nosso filho vai nascer! — disse Geraldo.

Acostumado a parir bicho e ajudar gente, o homem tinha só uma vaga ideia do que fazer.

— Vou chamar o médico — disse, inseguro.

— Não! Você não vai me deixar aqui sozinha. Fique comigo. O centro é muito longe daqui. Vai dar certo, Geraldo. Esse menino vai nascer!

E como uma dança bem treinada, a natureza agiu. Geraldo preparou as bacias de água, as toalhas e as tesouras, dando espaço pro menino, decidido, vir ao mundo; sozinho, bem dizer.

E veio. Rosado e saudável, berrando como quem é dono de tudo. E talvez fosse, quem sabe?

— Que beleza, mulher, que coisa é o nosso menino. A gente precisa pensar num nome.

— Esse menino não é nosso, Geraldo...

E num susto, as batidas soaram na porta.

Secas, firmes.

— ...o menino é dele.

E Geraldo entendeu. As vitórias tinham um preço, afinal, sempre tinham.

E tal qual num sonho, levantou-se; e como observando outra pessoa de longe, viu sua esposa abrir a porta e receber o senhor de preto, também de olhos verdes e faiscantes, lhe entregando a sua criança, a criança dele, desde o começo.

— Maria...

O homem de preto, em silêncio, enrolou o menino nuns panos e o levou, a criança aos berros, como que lutando por si.

— Nada é nosso, Geraldo, tudo é dele — disse Maria, resignada.

Geraldo sentou na cadeira velha; a porta escancarada, submissa, enquanto o vento frio da madrugada lhe lambia os braços.

Sem forças pra se mover, viu o homem sumir na cruza das estradas enquanto um galo, apressado, cantava o badalo dos sinos da igrejinha.

— *Zé! Pinote! Danado ainda tão fazendo aí? Vão se aprontar. Logo o público chega!*

As ordens de Zenom acordaram os dois de dentro da história.

— Vailha-me, Deus, Zé. Essa história é verdade? — perguntou Pinote.

— Toda história é de verdade, palhaço. E vamos cuidar senão a assombração de verdade aí bota no rabo da gente! — sussurrou, arrancando um riso de Pinote.

* * *

E foi assim como num sonho que a caminhonete do circo correu por dentro daquela cidade avisando do espetáculo de mais tarde.

Na frente, Pinote berrava no seu megafone já cercado de crianças que lhe baixavam as calças folotes.

Logo atrás, Margarida, sacudia os seus panos coloridos despertando desejos nos homens adultos e um ódio cego em suas esposas.

Ao fim, Zenom recolhia olhares de respeito e curiosidade enquanto nascia de dentro da cartola flores e cartas de baralho, aproveitando para divulgar o horário do espetáculo anunciando um irresistível desconto às crianças que trouxessem um gato pra ser servido ao leão.

Acompanhando o cortejo, andava Zé, dirigindo com tranquilidade a caminhonete velha, começando a achar que talvez vivera para a vida de circo.

* * *

— E cadê esse povo? — perguntou Zé, brincando com a fita de ingressos, surpreendentemente velha.

— Logo devem chegar — disse Pinote, invertendo o assunto.

Lindamente maquiada, Margarida parecia não se surpreender nem se entristecer com a ausência de público.

— Cidade pequena é assim mesmo. Às vezes o povo tem dinheiro nem pra comer — disse a mulher, como quem se desculpa com Zé.

— É, mas nem menino querendo passar escondido por debaixo da lona apareceu. Essa cidade tem criança não?

— Circo é assim mesmo — disse Zenom, atrás deles. — O negócio é levantar a cabeça e se preparar para o outro dia, que há de ser melhor. Por isso nem todo mundo serve pra o picadeiro.

Zé quase não teve tempo de ouvir o muído de Zenom porque percebeu por entre as tendas uma zuada de bicho correndo em uma pequena sombra negra.

As pernas lhe trouxeram uma lembrança guardada quando seus olhos cruzaram com os fachos amarelados que surgiram de relance por entre a lona remendada.

Tem lobisomem mesmo aí na Fazenda?

No céu, a lua cheia, enorme, sussurrou, bem dentro do juízo de Zé, agora Neto de novo.

Mas não — sacudiu a cabeça —, seu avô tinha morrido e com o velho as suas histórias e mentiras.

Aquela marmota ia acabar de uma vez por todas.

Num susto, o homem que contava histórias levantou-se e correu pra detrás dos ferros do circo.

— Danado é, Zé? Vai pra onde? — perguntou Pinote, surpreso.

Correndo com a força da vontade de se libertar daquele medo antigo, Zé lá dentro se aquietou ao perceber que tinha pensado cedo demais.

Num bote mais que certeiro, segurou o braço fino da menina magra, que se debatia como sendo um bicho do mato.

— Adianta não, menina, agora eu peguei você!

Apavorada, a criança segurou a mão que a arrochava e colocou toda sua força em uma firme dentada, que teria lhe arrancado a mão se tivesse pego.

Surpreso, Zé, acabou por soltar o braço, e lhe restou soprar os dedos, aliviados, enquanto via a sombra de um pequeno animal sumir por dentro do mato alto.

MÁRCIO BENJAMIN

VILA ESPERANÇA

Agarrada com força na árvore, Nininha tremia os cambitos sem sentir. Um pouco pelo medo, um pouco pelo frio, as canelinhas finas batiam uma na outra, como que aplaudindo a coragem da menina.

Naquela noite não dormiu.

Deitada na cama, atenta, com os olhos quase fechados, respirou pesado em cima do travesseiro puído. Esperou sua mãe apagar a lamparina, contou até cem, porque sabia, e só então se levantou. Um pé depois do outro, um pé depois do outro. Do seu lado, a mãe dormia. Respirando devagarinho, o peito magro de arribaçã, subindo e descendo o gibão. Com todo o cuidado, abriu o trinco da janela baixa. E saiu.

— Apois eu tenho coragem! — berrou pros meninos mais velhos. — Mãe disse que sou quase é mocinha... — A última palavra morreu na boca e lhe avermelhou a cara, principalmente depois que os moleques começaram a rir. Mas a promessa foi feita.

Atenta, agora ouvia apenas o estalado das cigarras, como quem diz, vá simbora, menina besta, se mande pra casa, tá ficando doida? Mas não; era só o medo da mãe trazido pelo vento frio, cochichando em sua cabeça.

As coisas na Vila tinham piorado de Santana pra cá. Semana passada comeram foi as vacas de Antônio Bento, depois os bacurim, e depois sumiu o filho do morador. Desse, só encontraram as alpercatas, com um pé de menino dentro.

As lapadas do coração quase rasgavam o peito e, sem sentir, Nininha apertava, cada vez com mais força, as flêpas do juazeiro. Correu quanto pra chegar ali? E ia saber voltar? Agoniada, virava o pescoço fino pra tudo quanto é lado, sentindo cada zuada da noite iluminada chamar seu nome. No céu, a rasga-mortalha zuniu e a menina deu um pinote, engolindo o grito, sem tempo de anunciar a noiva.

Debaixo das risadas dos meninos, voltou pra casa com o vestido e o orgulho esfarrapados. Mas na cabeça, a promessa: "Eu vou ver esse bicho".

Diz que os homens se organizaram e se entocaram por dentro das matas com as espingardas e o medo. No fim, sobrou pra Mané doido, que de bicho não tinha nada, mas era estranho que bastava. E bastou pra quem queria acreditar, menos pra menina, que era nova, mas não era besta.

Ainda escondida atrás da árvore, Nininha esperou e esperou. Até que sentiu, cada fiapo do tronco como sendo assim um pedaço de si; cheirou as folhas, como se tivesse esbagaçado uma pra colocar na escova de dente; ouviu o piado das corujas quase como se voasse junto.

Dentro do pijama, o coração sambava, descendo e subindo o peito magro, que crescia. A mão fina, agora se esparramava em dedos grandes e fortes, e unhas, que, decididas, marcavam com firmeza o tronco do juazeiro. O corpinho magro de menina, agora já não cabia no gibão, que se despedaçou em uma ruma de fiapos brancos, como pena de galinha preparada pra panela.

Por dentro da noite, o bicho agachado correu, se perdendo, confuso, pelo breu da vila.

— *Danado foi isso, Zé? — perguntou Margarida, chegando em uma esba-forida corrida.*

Sem conseguir abrir a boca, com as canelas batendo uma na outra, o homem se viu sem ter o que dizer. Acostumado aos lampejos da realidade, principalmente depois da morte do seu avô, Zé se viu ali sem eira nem beira, pois sabia bem o que tinha visto, que tinha segurado com as suas próprias mãos o sobrenatural que vinha renegando fazia tempo.

— O passado, Margarida, o danado do meu passado voltando pra me assombrar.

Neto acordou agoniado com as pancadas secas na porta do barraco que dividia com o avô.

Ainda esfregando os olhos, assustou-se ao perceber o velho agachado próximo à janela.

— Voinho?

Sem retirar os olhos da estrada logo à frente, o velho sussurrou:

— Vai se deitar, menino, e fique calado.

"Trancoso."

A voz vinha de fora, mas era mesmo que não. Era como ecoasse ali por dentro da casa, como se fosse sussurrada no pé do ouvido e refletida pelas serras; se molhasse nos açudes e voasse por dentro das árvores.

"Venha simbora, José Trancoso, cumprir sua parte".

Do lado de fora uma discreta comitiva. À frente dela, um rapazinho que deveria ter nem a sua idade.

Neto arrepiou-se do pé à ponta.

— Que parte, meu avô? Quem danado é esse homem?

E, ali, não teve vergonha de chorar. Já não importava.

Seu Trancoso ajoelhou-se perto do menino, tirou do pescoço um rosário ensebado e colocou nas mãos do neto, junto com um papel dobrado

— Eu vou agora com esse povo, meu filho. Preciso. Se eu não voltar até amanhã, pegue o cavalo, volte na Fazenda Bezerra e entregue esse terço à Dona Maria, ela vai saber o que fazer.

O menino assombrou-se quando sentiu na mão a folha envelhecida com o timbre da rádio em que trabalhou o avô

— Essa carta é pra você. Na hora certa procure o padre do povoado.

— Que padre? — o menino já chorava.

"Seja homem, Trancoso."

O menino não sabia se a voz falava consigo ou com o avô.

— Na hora certa procure o padre, mostre essa carta e vão até a fábrica. Da porta conte sete passos, da parede suba sete palmos e cave. Lá dentro tire o que encontrar e leve com você.

— O senhor vai pra onde, vô?

— Você entendeu, né, menino? Maria, da Fazenda Bezerra. O padre. A fábrica. — disse o velho, lhe pegando pelos ombros.

Seu Trancoso levantou-se, virou as costas pra Neto e seguiu em direção à porta.

Mas foi atravessar a danada e era como se nunca andasse por lá.

Neto tentou correr em direção ao avô, mas quem disse? Do lado de fora não tinha mais cavalo, nem homem, nem qualquer sinal de Seu Trancoso, apenas o vento frio do sertão lhe lambendo as pernas e a lua brilhando as contas do rosário enquanto sentia o papel da carta lhe espetar dentro do casaco.

Angustiado, o menino não teve forças pra voltar pro lado de dentro. Sentou-se em frente ao portão da casa humilde e esperou.

Aguardou até se cansar e ser vencido pelo sono, despertando com o sol lhe catucando os olhos.

Mas o avô não veio, nem naquela manhã, nem na outra.

Neto roeu um resto de carne de sol que tinha na cozinha e bebeu do último gole da água gelada do pote.

Não percebeu que tinha nas mãos o rosário desde a noite passada, já meio frio do vento noturno.

Respirou fundo, enxugou as lágrimas e foi até o quarto do avô.

Com esforço, levantou a tampa do baú de madeira e retirou o casaco colorido.

A peça de roupa lhe ultrapassava os joelhos magros, mas seria muito útil na viagem até a Fazenda.

O cheiro do avô lhe consolou um pouco e o menino prometeu que iria encontra-lo custasse o que custasse.

Rapidamente, desceu o morro em direção ao cavalo apeado perto do juazeiro em frente à casa.

Agarrou-se nos estribos do bicho e finalmente conseguiu alcançar o lombo do danado.

Já com a visão de cima do animal, procurou lembrar-se do caminho percorrido pelo avô e abriu bem os ouvidos para o falatório da natureza perto de si. Olhou pro céu e reconheceu o tracejado das estrelas ensinado pelo avô. E lembrou-se do açude, agora vazio e das árvores não tão frondosas, que indicavam o caminho pelo meio da serra.

Era quase de manhã quando chegou na Fazenda Bezerra, caindo de sono e cansaço, dormindo em cima do cavalo.

Maria veio correndo, tendo visto aquele menino em cima do cavalo, com um rosário antigo no pescoço lhe resteando os raios do sol.

Foi o tempo da mulher chegar perto para aparar a criança que lhe caiu nos braços.

Em seu nome, o terço disse tudo.

— Chegue, menino. Venha descansar um pouco. A gente tem muita coisa pra conversar — murmurou Maria, carinhosa.

* * *

Alimentado, Neto suspirava devagar, os olhos cheios de perguntas.

— O seu avô é um homem muito bom, Neto... — começou Maria.

— Cadê ele, Dona Maria, quedê meu avô? — interrompeu Neto.

— ...mas às vezes mesmo gente boa não tá livre das coisas ruins do mundo.

— Quem era aquele homem que veio atrás dele?

— O seu avô sempre procurou o melhor pra você, mas acabou se metendo com o que não prestava. E com medo de não conseguir lhe dar esse melhor, colocou os pés antes das mãos. Existe um mal muito grande aqui por essas terras, Neto. Um mal grande e muito antigo que já tomou conta de muita gente por aqui. O seu avô se sacrificou pra colocar você pra bem longe dele. Mas, agora, até pra se proteger, você precisa conhecer mais dessas histórias

MÁRCIO BENJAMIN

SINA

POVOADO
SOLIDÃO

"Legião é o meu nome,
pois somos muitos"
Marcos 5:9

— Eu não sei nem por onde começar. O senhor ainda é novo por aqui.

Ela tinha razão, o padre andava na comunidade fazia nem um ano, veio no lugar de outro que morreu.

— Sei que o senhor vai dizer que é por ser a mãe, mas né não... Menina linda demais; viva, o senhor me entende? Era como assim feita de uma luz de dentro, néra que nem esse povo daqui não, que já nasce cinza, tangendo boi, carregando balde de água na moleira.

O padre só balançou a cabeça devagar.

— Começou logo depois que ela ficou moça. Eu tava lá fora, lavando na tina a saia manchada de sangue, quando ouvi um sopapo oco dentro da casa. Corri e encontrei a menina no chão. Sentei apressada porque ela batia a cabeça no cimento com força. Puxei pro meu colo e chamei por Dona Quinha, a vizinha, mas foi chamando e...

O padre aproximou a cadeira e segurou as mãos da mulher. Estavam frias.

— Foi uma chuva, Padre, uma chuva de pedra por cima da casa... caindo com força, vindo sei lá de onde. Olhei pro lado de fora, pensando que era alguém jogando, mas nada! Aconcheguei a menina no peito e esperei passar. Foi parando e ela se acordando. Areada, sem saber quem era, onde tava. Dei um chá que Dona Quinha ensinou, e parece que se acalmou. A gente jantou como se nem fosse; ela rindo, me contando da escola. Parece que não tinha acontecido era nada. Criança tem dessas benção, né? Fumo dormir cedo. Mas eu acordei com ela gritando. O clarão veio com força, a fumaça. O colchão lambido de fogo. Corri, peguei um baldo de água lá fora e joguei. Demorou, mas apagou. Depois vi... o guarda-roupa, as boneca. Tudo perdido. Só podia ser coisa da lamparina velha. Só podia... Eu gelei do pé à ponta quando vi o lampião inteiro, seu Padre. Era possível aquilo?

O padre cruzou os braços e deu um goto seco, assustado.

— No outro dia a vizinha veio aqui. Ela... — a mãe titubeou. — ...ela é rezadeira, o senhor me desculpe. Já ajudou muita gente. Trouxe umas planta, um terço bento poderoso demais. E lá fomos nós rezar no pé da cama...

A mulher engasgou-se e colocou pra fora um choro doído, trancado dentro dela como quem guarda assim uma coisa podre, que não pode jogar fora.

— A menina tava sentada, de costas, resmungando umas coisas que ninguém entendeu. Foi a gente entrando e a porta batendo; e as janelas e as telhas, Padre; as telhas sambando no teto como sendo assim pé de gente.

O padre tentou dizer alguma coisa, mas a mulher não deixou.

— Dona Quinha tomou a frente com o terço e as planta, mas a menina... Néra mais não, padre Arlindo. Era todinho um homem, véio, debochado, os olhos brancos, revirados, esculhambando os nomes mais feios do mundo! Falando com aquela voz de bicho umas coisas da vida dela que nem eu sabia! Mas a danada arredou pé não, coitada... — as lágrimas já se misturavam com as palavra, molhando toda a boca. — ...rezou com fé, com força... Mas foi aquele condenado dar com a mão que a zuada piorou, e Dona Quinha, na minha frente, subiu do chão e voou pra parede... — A mulher suspirou fundo. — ...a cabeça se abriu, padre Arlindo...

O padre levantou-se sem perceber. E por uma peinha de nada, não saiu correndo.

— Em nome de Deus! Em nome de Deus, eu preciso que o senhor veja a bichinha.

O padre quase não conseguia mais ficar em pé, mas arrumou a batina amassada e segurou o terço, inseparável, sentindo o suor descer lento pelas costas.

Rezando um silencioso Credo, abriu lentamente a porta quebrada do quarto.

O ferro do sangue lhe pegou pelo nariz. Vinha da poça quase negra de tão rubra que banhava o chão, brotando do corpo pálido de Dona Quinha, torta feito uma boneca de pano, largada bem no canto da parede.

— ...o que não se faz por uma filha, seu Padre — sussurrava a mulher na sala.

Com o coração aos sopapos, o padre aproximou-se da cama. Já não conseguia mais rezar quando puxou, num susto, o lençol.

Deitada e rígida, restava a menina, com os olhos embaçados e as mãos em garras, de quem lutou até o fim.

— Senhora! — gritou ele, que já não se lembrava do nome da mulher. — Essa menina está morta!

Não houve resposta.

Só aí entendeu.

A bem da verdade, só aí acreditou.

— Padre Arlindo...

— Eu não lhe disse meu nome...

E voltou pra sala, naquele passo de mangue, como andando em um sonho ruim, a tempo de acompanhar o corpo da mulher se erguendo por cima do chão de cimento cru.

— Cadê a menina? — perguntou com um restinho de coragem.

E aquilo riu. A voz era como uma coisa empoeirada, distante como um rádio velho.

— Tá aqui, padre Arlindo. Tá aqui com nóis.

Do lado de fora, as nuvens negras arrudiaram a casa como se pudessem entrar.

— Quem é você?

Dessa vez gargalhou. A boca se abrindo num buraco sem fim, a cabeça jogada pra trás, balançando os cabelos pretos da senhora, que assopravam uma fumaça de enxofre naquela sala sem vento.

— Uma ruma, padre Arlindo. O primeiro e o derradeiro. Nóis já andava por aqui antes, bem antes. E vamo tá aqui ainda, quando tudo acabar.

Atrás do padre, a porta se fechou.

ALFENIM

Parada em frente ao balcão, a menina não conseguia se mexer. Sentia os joelhos magros batendo e quase ouvia o latejo de seu estômago vazio.

Ainda que do lado de fora da budega mastigava o cheiro do pão novo, a textura dos biscoitos de alfenim quase a cintilarem suas cores, de dentro do vidro limpo; o gosto do café fresco e dos sucos, amarelos, feitos na hora.

Na porta apareceu outra criança, talvez da sua idade, porém gordo, lustroso, que sacudia um papel pardo como quem carrega um troféu.

Tanto fez que o saco, ainda que forte, rasgou-se, deixando voar por entre aquele céu impassivelmente azul os doces, que se esparramaram luminosos por cima da areia.

Rápida como uma onça, a menina pulou em garras em busca dos pequenos animais coloridos, mas não contou com um bem dado pontapé de Seu Miúdo, dono do estabelecimento.

— Arrede daqui, miserável! — berrou o velho, enquanto afagava o menino que chorava, lhe devolvendo os doces, asseados no pano de prato encardido.

Atordoada, a menina levantou-se, limpando o nariz sangrento com a barra do vestido roto. Não poderia deixar a sua mãe perceber.

Caminhou até em casa, inutilmente atenta às plantas e bichos. Ouvia que a seca veio braba, que a terra esturricou, morreu. Mas aquilo lhe era indiferente, pois nunca conheceu outra planta que não seca, outra terra que não amarela. Nunca conheceu uma barriga que não estivesse vazia.

Se fosse como os meninos da rua, quem sabe, que matavam os poucos passarinhos com pedradas certeiras. Mas pra quê se nunca lhe davam nenhum pedaço?

Chegou em casa com a mãe aos berros, na porta, trôpega.

— Entra, condenada! Tava onde, maga véia?

A menina murmurou qualquer coisa e se bandeou pra dentro do quarto, esquivando-se do cascudo sem mira.

Deitada na cama, alisava a barriga como quem embala uma criança, e afinal fechou os olhos, pensando que comia as delícias do armazém.

Levantou dali faz tempo.

Perdida, foi até a sala e encontrou a mãe deitada, ainda na porta, torta como uma bruxa de pano.

— Mãe...

Silêncio.

— Mãe!

A mulher deu um resfolego de carro antigo e enfim acordou, olhando pra menina como se a visse pela primeira vez.

— Tô com fome, mãe. Dá cumê.

A mulher riu.

— Tu só fala em comida, Luzia. Vá no pote, o que você encontrar, traga pra nós duas.

A mãe nunca lhe chamava pelo nome. Talvez uma surpresa? O seu aniversário? Era quando?

Esperançosa, correu pra dentro da cozinha em busca do pote de farinha. Empurrou com dificuldade o braço curto dentro, mas só sentiu o oco. Da sala, veio a risada da mãe.

— Vai dormir que a fome passa! E aprenda a deixar de ser besta. Venha cá!

Luzia foi até a mãe, sentindo uma raiva sem nome lhe mastigar o juízo.

— Traga uma dose pra mim — respondeu debochada, lhe entregando o copo.

Enraivecida, a menina voltou pra cozinha vazia e encheu o danado a contragosto da garrafa grande, em cima da mesa. Quis cuspir dentro, mas não fez. Que danado era aquela água que lhe ardia os olhos? A mãe também não comia e nunca reclamava de fome. Será se enchia o bucho?

Levou com cuidado o copinho, que a mulher virou em um gole.

— Mãe.

— Que era?

— Essa água enche bucho? Tu me dá?

A resposta foi uma tapa bem dada no pé do ouvido.

— Deixe de falar besteira e vá dormir. Amanhã vou atrás de comida.

Desiludida, a menina se deitou novamente, sonhando com uma barriga cheia.

Era cedo ainda quando Luzia acordou, sacudida pelas tripas que choravam. Seria hoje a comida de sua mãe?

Desnorteada, saiu de casa agarrada na boneca estrupiada.

Fome.

Pé ante pé, seguia sem rumo, ainda que em direção ao portão roto.

— Luzia!

Seria a barriga, salivando?

— Luzia!

A vizinha velha, de algumas léguas.

— Cadê sua mãe?

A mulher parecia desesperada, vestida com uma roupa apressada, mas ainda muito chique.

— Tu é a filha de Rosário, né? — perguntou, com um sorriso morto na cara enrugada.

Luzia fez que sim. Não podia falar com estranhos, mas a velha ela conhecia, ainda que de susto.

— Pra tu.

E o tempo parou.

Porque a velha lhe estendeu um pedaço de rapadura, tão bonito, tão cheiroso, que só Deus.

Sem pensar, a menina arrancou a pedra doce e enfiou na boca como quem morde o chão do paraíso.

— Venha cá, Luzia.

A menina ainda olhou pra casa, mas se deixou levar pela velha decidida, que quase arrancava o seu braço fino.

Maga véia.

Em pouco tempo chegaram na casa. Grande, arrumada, até de fora.

A velha ajoelhou-se nos pés de Luzia e limpou-lhe o suor do rosto.

— Minha filha, você precisa ter medo não, visse?

Luzia não se mexia.

— Tá com fome?

A menina fez que sim com a cabeça.

A velha, sem responder, a rebocou pelo braço pra dentro da casa. Espantou o cachorro bonito, que não sabia se latia mais pra uma ou pra outra.

Dentro da imensa sala, havia velas e só. Na parede quadros e, bem no meio, uma mesa grande demais, com um homem deitado, que ela já tinha visto com a velha, tangendo bois em cima de um cavalo.

Ali, todo arreado, de botas pretas lustrosas e chicote, como se fosse montar.

Mas quem disse?

Luzia nunca tinha visto era uma cama tão estreita e um quarto tão imenso.

Em cima do homem, o que importava.

Alfenins coloridos, rapaduras, carnes, tão cheirosas, Meu Deus, pratos com cuscuz e queijo de coalho. Fazia quanto tempo? Arribaçãs novas e tigelas largas, amarelas de suco e um café pretinho, bem cheiroso.

Sem precisar explicar, a velha ergueu a menina pela cintura até a altura da comida.

— É tudo seu. Coma, minha filha, coma, por favor.

Luzia não pensou. A barriga vazia mandou pegar aquilo tudo e engolir. Com a mão, do jeito que faz quem precisa, a menina comeu o doce, roeu o pássaro e bebeu os sucos. Até quase vomitar. Até não restar quase farelos.

Como que combinado, a velha desceu Luzia pro chão. A camisola velha lavada de farelos e manchada de café.

— Agora vá simbora. Esqueça da gente! Senão eu mato você e mato a sua mãe.

Acostumada, Luzia se perdeu em direção de casa, mas era como um gato e chegou em menos tempo do que foi.

Encontrou a mãe na porta.

— Tá doida, menina? Foi pra onde? — perguntou a mãe, aperreada.

— Água, mãe — mentiu. Pela primeira vez em muito tempo.

Desviou os olhos e entrou em casa com a vida lhe subindo o corpo miúdo. Precisou controlar o riso apertando a boneca rota.

Era outra.

Daí então a menina, que andava pela vida como quem passeia, passou a curiar o seu tempo tal qual não fosse mais aquela.

As coisas faziam outro sentido, afinal.

Dia desses, arrancou a cabeça da boneca e enterrou na areia fofa em frente de casa.

Bebeu o que tinha da água na casa e lambeu a farinha pra si, alcançando o pote fundo.

Já não ouvia ou se importava com a mãe jogada na porta da sala, ou com a boneca decapitada.

Era a líder dos meninos e matava e torcia os pescoços das rolinhas mais resistentes.

Sentia de longe o cheiro das lagartixas e quase falava a língua dos bois.

Mas néra só isso não. A menina carregava agora um peso nos ombros magros, uma cegueira no olhar, uma certeza no andar firme.

Já não dormia bem.

Deitava no travesseiro e lhe viam lembranças amargas, de um tempo que não era o seu.

De manhã, uma tristeza na cabeça.

Umas sombras.

Luzia.

O que ela fez?

Luzia!

— Que era, mãe?

— Tem uma mulher aqui querendo falar com você, venha simbora! — berrou a mãe, servil.

Ereta, foi até a porta e encontrou-se novamente com a velha.

— Dona Ivone trouxe um presente pra você, minha filha! — Rosário arreganhou os dentes falhos, abrindo ela mesma a cesta recheada.

Luzia sorriu um riso que nem seu era mais.

— Coma, Dona Rosário. Prove do bode — disse Ivone.

Faminta, a mulher melou o bode torrado na farofa e o devorou quase sem mastigar.

Mas em pouco tempo engasgou-se, sentindo o amargo do chumbinho seco.

Morreu bem ali. Sem saber. Sem entender.

Sorridente, a senhora estendeu o mesmo chicote e as botas pretas pra quem foi Luzia, que as calçaram com uma destreza inata, ainda que lhe preenchessem as pernas todas.

O corpo de menina catucou com a chibata uma Rosário inerte, como quem espeta a carcaça seca de um boi, e sorriu.

Satisfeito.

— Vamo embora — disse pra velha com uma voz grave, enquanto seguiam pra sua casa, de mãos dadas. — Tô seco por uma beiçada de cana.

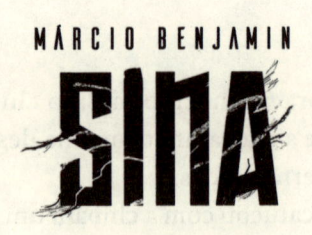

MÁRCIO BENJAMIN

SINA

ASAS

Falando assim parece até engraçado, mas né não. Né mais não. No começo. Mas mesmo aí não demorou muito tempo. É que sempre foi engraçado de um jeito meio atravessado, nervoso. Me diga, quantos cabas você conhece que têm uma mosca? Mas né por seboseira ou desleixo. No começo ninguém notava. Só começou a chamar a atenção quando precisou ser espantada na marra, da cara dele. Mas quem disse? Ela até que afastava no começo, mas era como um vira-lata de bodega. Até sumia, mas depois voltava rapidinho balançando o rabo ou as asas. No começo o povo ria; eu não. Sempre fiquei agoniado, me dava uma gastura sem tamanho aquele desespero. Mosca pode ser arisca, decidida, quem sabe, mas engraçada não. Deus o livre. E a dele logo. Aquela sim tinha nada de engraçada. E depois! Depois ninguém achava graça, porque ela morria de jeito nenhum. Ele pensava que matava, esmigalhava, mas a peste sempre voltava. Podia até achar que era outra, mas ele sabia que não era não. Era nada. Todo mundo sabia que não. Não sou eu que vou explicar pro senhor como pensa gente de interior. Essas coisas apuradas podem até ser engraçadas no começo. Mas passa. E ninguém tem muita paciência pra apuramento muito tempo. Ainda mais quando essa gente faz o que ele fez. De cara, olhando assim, de longe, não tinha nada a ver uma coisa com outra. Sabe quando ele pensou que era a mesma mosca? Mesmo depois de matar com as próprias mãos? Não fazia sentido, fazia? Pois então. Mas só que aquela gente sabia. Quando o filho do prefeito morreu de repente — uma morte besta, sem muita explicação —, ele sabia. O povo sabia de quem era a culpa e ficaram mais enfurecidos quando ele pediu uma bebida na budega seguido de duas. Duas moscas meio azuladas e caningadas, zuadentas como abelhas. Ele terminou nem o gole. Foi largando o dinheiro em cima do balcão e tomando o caminho de casa, com as moscas atrás. Os homens do bar murmuraram em uma barulhenta troca de olhar. Sorte o pai do menino não andar por lá aquela noite. E aí o negócio escangalhou-se. Na outra semana foi o barbeiro, enforcado na figueira da praça. E suicida morria daquele jeito? E os gêmeos de Helena, que nasceram em um matagal de braços, pernas e olhos que botaram pra correr o médico. Diz que viveram ainda uns cinco minutos. Tempo suficiente para fazer a enfermeira do parto nunca mais pregar o olho na vida. E quanto mais mortos, tantos mais eram as moscas. Marcavam o assassino, como quem ferra gado, em uma imunda coroa de santo onde ele fosse. Até que decidiram que ele não ia mais pra lugar nenhum. Não, não as moscas. Foi rápido. Um tiro certeiro, dado pelo melhor revólver da região. Abençoado seja. Mas durou pouco, a bem da verdade, porque ontem nasceu aqui gado de duas cabeças. E um bando de bacurau passou voando, cobrindo o sol em um tapete preto que não acabava nunca. Certeza eu não posso dar, mas por isso mesmo eu prefiro não pregar o meu olho, pelo menos essa noite. Porque a lua tá meio escura demais, mas eu acho que sei muito bem o que é esse zumbido meio surdo lá por dentro da plantação. Tá ouvindo?

SABEDORIA POPULAR

A boiada seca
Na enxurrada seca
A trovoada seca
Na enxada seca
Carlinhos Brown e Marisa Monte

A menina ainda tentou foi proteger com as mãos a testa que sangrava, mas adiantou não. A pancada certeira do velho atingiu em cheio a sua cabeça, derrubando-a no chão empoeirado.

"Mas ela mereceu. Mereceu ser arrastada de casa pelos cabelos, arada mermim boi pela aquela terra esturricada. Quase seis meses que não cai uma gotinha d'água que seja, na plantação, doutor! É possível isso? Me diga! Feijão, arroz, até mandioca, tudo morrendo dentro da areia."

Na fazenda de Manequinho, uma doença esquisita comeu o gado, depois que nasceu um garrote de duas cabeças. O vaqueiro dele aboiou o que restou dos animais pra longe. Tinha matado a esposa pisoteada com as botas.

São José passou e nada de chuva.

Nas paisagens daquele sertão, só o mandacaru verdejava, firme, prevendo a desgraça que se avizinhava.

Arrudiando ela andavam todos, com seus chutes e socos, pancadas de guarda-chuvas sem serventia, bengalas e palavras de ódio, como se batessem era na própria fome, na própria seca, como se agredissem a própria morte.

"Mas ela mereceu, doutor, mereceu porque diz que o padre endoidou. Fechou a porta da Igreja e não deixou ninguém entrar. Ninguém! Disse que tinha visto o tinhoso, o senhor perceba, o tinhoso!"

Reprimida e angustiada, Dona Neném sentiu o bico da teta murcha entumecer e uma umidade quase esquecida lhe pingar a anágua quando acertou o nariz da menina com seu sapato de festa.

"Morre, desgraça!"

As pessoas não sabiam se a beata falava da menina ou da sua própria.

Já sem força pra tentar se proteger, a menina só gemia, enquanto sua mãe, do alto do pequeno morro, assistia a tudo, esperando de braços cruzados. Impávida.

Assustado, o velho ergueu mais uma vez o cajado feito de pinho de riga e desceu naquele rosto já dilacerado. Nenhum ali nunca tinha visto o olho de uma pessoa estourar, até então.

"Claro que foi! Claro! Num tá vendo não? Menina vermelha, branquela daquele jeito, nascida de mãe, sem pai. Mãe sem pai sim, senhor! A maldita disse que sumiu no mundo, que morreu. Conversa. Filha do demo e pronto! Deus me proteja!"

Deitada no chão, ela arquejava, enquanto o brilho dos vivos lentamente deixava os seus olhos.

Como obedecendo a uma ordem muda, todos pararam, quase ao mesmo tempo. Dona Neném ainda pensou em jogar um terço em cima daquele vestido surrado, mas desistiu. Segundo, da mercearia, perdeu-se por alguns instantes no tufo de pelos tão pálidos, que farfalhavam ao vento, depois que o vestido subiu, e sentiu o pau endurecer. Novinha, bonita sim. Como ia ser bom se...

Foi numa calada procissão que seguiram de volta pra cidade. Alguém puxou uma reza, repetida em ladainha pelos demais.

De cima do morro a mãe viu se arrastarem pra longe.

Do meio do povo, um moleque correu na sua direção, naquela desabalada falta de preocupação que a gente vai perdendo ao longo do tempo.

— Mandaram entregar pra senhora — disse, ao chegar, estendendo-lhe um maço amarrotado de dinheiro. — É pra enterrar.

E desceu de volta, mais rápido ainda.

No horizonte, uma nuvem negra caminhava em direção à cidade.

Carregadinha de chuva.

O ÚLTIMO
A FECHAR

— Mais uma aí, Caicó.

Resignado, o dono do bar abriu a garrafa de cana, já quase vazia, e chorou o restinho.

— Tu veio como, Negão? — perguntou preocupado.

— Vim de pés.

— Da tua casa? — assustou-se.

O outro não respondeu. Com o olhar perdido nos pôsteres de futebol amarelados na parede, bebeu de uma talagada só.

— Olha aí a merda do teu time. Faz quanto tempo que essa porra não ganha nada, hein? — sorriu o dono do bar, tentando desanuviar as coisas.

O outro suspirou doído.

— Faz quanto tempo que a gente é amigo, Caicó?

A pergunta o pegou de surpresa.

— Vixi. Sei lá, porra, dez, doze anos...?

— Cinco anos tem só que essa merda desse teu boteco existe. A gente se conheceu faz vinte, vinte e poucos anos, cara. Quando tu chegou aqui ainda.

Caicó preocupou-se. O Negão não era de lamentação.

— Que que tá acontecendo, porra? Tu vai me pedir dinheiro, é...?

O outro não levantou a vista.

— A gente é amigo faz mais de vinte anos, você já me tirou de umas boas, eu também; tu me conhece, sabe que eu não sou de fazer coisa errada.

A fala do Negão foi interrompida por um soluço fundo, sentido. Nesse tempo todo, Caicó contou nos dedos as vezes que viu o amigo chorar.

Angustiado, arrudiou o balcão e sentou-se na cadeira ao lado.

— Sei bem do que você tá falando, cacete, e te digo mais uma vez, deixe isso pra lá. Esse homem fez o que tinha que fazer e pronto! Passou, acabou, limpe isso da sua cabeça e do seu coração, porra! — respondeu, enfiando um dedo no peito firme do companheiro.

— Mas era uma menina, rapaz, uma criança...

Caicó transtornou-se.

— Que criança, Negão, que história de criança? Deixa de ser burro, porra! Aquilo ali não prestava, se via de longe. Puta e macumbeira, igualzinha a mãe. E Deus sabe se não ajudou nas merdas dela. Coloca uma coisa na tua cabeça, aquilo ali não foi criança nunca, nasceu ruim. Quem garante que não ajudou nas imundícies da mãe? Quem garante, Negão, tu?

— A pancada foi minha, Caicó, o povo se juntou, mas a pancada foi minha. Eu não sabia que ela ia entrar no meio, larguei o braço e a barra pegou bem na cabeça. O quengo abriu assim que nem uma melancia, Caicó... a cabeça se dividiu em duas, bem ali na minha frente.

— E as crianças que a mãe matou? Tu não tava lá, tu não teve que desenterrar os corpos dos meninos novos. Amontoado igual a lixo, como sendo assim cachorro. Aquilo sim era Inocente, Negão, aquilo sim.

— Ninguém sabia se foi mesmo ela... — respondeu entre os dentes.

Caicó se descontrolou.

— Claro que foi, Negão! Tu não viu a casa, as imagens, o tipo de imundície que tinha dentro daquele quarto. Aquilo era coisa do demo, coisa do demo, eu lhe digo!

O outro se calou.

Resmungando, Caicó arrudiou o balcão, abriu o caixa e raspou todo o dinheiro.

— Agora faz o seguinte, pega esse dinheiro e some, porra. Vai pro teu interior, pra outro Estado, pra puta que pariu, mas some um pouco. Não que a polícia vá atrás de você, a morte dessas abençoadas foi um presente, mas pode ser que os outros da laia dela apareçam. Tome! E suma!

O celular vibrou no bolso de Caicó. Instintivamente, ele puxou o aparelho velho, olhando o visor trincado.

Dentro da pele, sentiu o sangue descer gelado, como quem bebe um gole d'água de barriga vazia.

Do outro lado da linha, Negão piscava na tela.

— Táis com teu telefone no bolso, gobel? Táis me ligando... — lhe disse o juízo, tentando ajudar.

Paralisado, Caicó entendeu que naquela noite não atendeu Negão. Entendeu que teve ainda uma chance de se redimir.

Mas agora era tarde.

Baixou a cabeça e tentou não olhar as silhuetas, uma maior e outra menor, menina e mãe, sentadas onde antes havia aquilo que pensara ser seu amigo.

Lavadas em sangue e de mãos dadas, as duas lhe olharam com as órbitas vazias.

Na rua deserta, ecoou apenas o rangido lento da enferrujada porta de rolo, abafando o engasgado grito do dono do bar.

AGOURO

O tempo muda tudo, mas pra mim isso não passa
Nada ficou de graça e em meu peito deu um nó
Ilmar Cavalcanti

Na fazenda, o xote corria solto por dentro da noite arejada. Os convidados bebiam, dançavam e sorriam, já meio de perna puxada, embriagados de alegria e cachaça.

Com um sorriso largo talhado no rosto, a noiva não cansava de abraçar os amigos, passando de braço em braço.

A cerimônia foi daquelas de não se esquecer. Filha única de fazendeiro, jovem como toda noiva deve ser.

— Luísa?

O pai vinha sério, pisando firme as botas. Com uma cara que não combinava com a festa.

— Que era, pai?

— Vá ali conversar com seu marido que ele tá passando dos limites.

Luísa suspirou. Política? Tanto que pediu, meu Deus.

— Meu pai, não dê trela a ele não, hômi, o senhor sabe que ele não diz isso do...

O vinco da testa do fazendeiro não se desfez.

— Tô indo.

Angustiada, a noiva pediu licença e foi pro meio do salão.

Encontrou o marido transtornado, quase não parando em pé.

— Roberto...

O olhar sufocou Luísa, era tanto ódio; como se enxergasse através dela.

— Meu filho, eu não pedi pra você segurar um pouco a cachaça, num foi?

O noivo não respondeu. Apenas bufava, tal qual o zebu brabo do fazendeiro.

— Infeliz.

Luísa gelou. Primeiro o olhar, agora não reconhecia a voz do marido.

— Eu vou... eu vou buscar uma água pra você.

— Assassino! — berrou.

O forró parou num instante. Primeiro, a sanfona. O triângulo ainda tilintou uma última vez.

— Roberto, pelo amor de Deus — sussurrou a noiva pegando o esposo pelo braço.

— Me solte, moça! — disse, puxando o braço com força.

Moça?

— Fernandes, seu féla da puta, venha aqui se você for homem!

Danado de raiva, o fazendeiro já tava era ali ao lado.

— Roberto, eu vou relevar por conta de hoje ser hoje e pela consideração à minha filha. Mas amanhã nóis vai conversar! Sanfoneiro, toque!

O fole foi puxado, mas deu nem tempo de completar a nota.

— A gente vai conversar é agora, sujeito. Agora! — urrou o marido.

Instintivamente, o fazendeiro levou a mão à arma, alisando como quem acorda um bicho de estimação.

— Assassino! — repetiu ainda mais alto.

Luísa arrepiou-se, olhava pro pai e pro noivo como quem pede ajuda.

— Deixe de falar besteira, seu cabra, você tá bebo! — disse o fazendeiro, entre dentes — Vá simbora tomar um banho. Amanhã a gente conv...

Deu nem tempo de terminar a frase, o murro pegou o velho bem no meio dos olhos levando-o ao chão. A multidão correu pra cima como sendo um açude sangrando.

Luísa não conseguia se mexer. Tanto quis aquele casamento, foi difícil fazer seu pai aceitar Roberto. Rapaz conversador, cheio de ideias, mas até então era só troca de opinião. Era falador, mas muito inteligente. Com calma e perspicácia, soube, afinal, botar o sogro no bolso. Parecia que tudo ia dar certo, de qualquer jeito.

Até a manhã do casamento.

Foram escavocar o terreno pra colocar a tenda e encontraram a ossada. Qualquer um que visse sabia que era de gente. Tentaram esconder, mas de burra Luísa não tinha era nada. Manteve a calma e afastou pra lá o agouro. Assustada, fez que não sabia de nada e decidiu não dizer ao noivo. Seria melhor.

— Se levante!

Foi acordada dos pensamentos pelo berro do esposo.

Esposo?

Alguém deve ter dito a ele.

— Tá lembrado de mim, Fernandes?

Dessa vez o fazendeiro foi que ficou sem fala. Não podia ser, não fazia sentido.

— Um tiro, Fernandes, um tiro bem no meio da cabeça, pelas costas. Covarde!

A multidão não entendia nada, mas Fernandes sim, ainda que não aceitasse, ainda que não entendesse.

— Eu lhe disse que voltava, disse não? Lembra, Fernandes?

Algumas mulheres começaram a gritar, outros homens, a fugir.

— Ninguém sai! — urrou o homem, possesso. — Você atirou, covarde. Atirou. Mas sabe do que mais? Eu tava comendo ela sim! Comi muito tempo a sua mulher, seu infeliz. Ela me contou tudo, me contou como você maltratava ela, a gente ia fugir!

Fernandes nem respirava mais, o passado veio de uma vez, como chuva nova.

— Tu ficou sabendo, num foi? Bala queima, covarde. Muito. E morrer é uma dor sem nome, miserável, principalmente quando se tá vivo, sufocando embaixo da terra. Ouvir os bichos lhe roendo, enterrado mermo em frente à fazenda... Quanto tempo eu esperei.

Os convidados não aguentaram. Fugiram, correram até onde deu, até porque a maioria não fazia ideia do que estava acontecendo.

— Eu disse que ninguém sai!

E como num causo contado pra menino, uma saraivada de raios cortou os céus até o descampado que deu lugar à tenda, derrubando árvores por cima da cancela. Tocando fogo na tenda armada.

— Mas hoje, Fernandes. Hoje é o seu dia!

Em um susto, o homem ajoelhou-se ao lado do fazendeiro, o puxou pra perto e lhe mostrou quem era, o que sentiu, onde foi, onde esteve.

— Hoje eu vim lhe buscar, Fernandes.

Sem ar, o fazendeiro não teve nem tempo de se arrepender. A dor no peito veio pungente, decidida, lhe fechando os olhos pra sempre.

Quase que na mesma hora Roberto também caiu no chão. Imóvel.

* * *

Amanheceu cedo na festa. Ninguém foi embora.

Só a noiva, que foi vista toda enlameada e cinzenta de fogo, pedindo uma talagada de cana na budega de Seu Miúdo.

— Luísa? — perguntou o dono, que a conhecia de colo.

— Encha aqui — disse, mostrando o copo decidida.

Sem ter o que fazer, ele obedeceu.

— Minha filha, pela caridade, me diga o que aconteceu.

— Justiça — respondeu em uma voz masculina que fez o sangue do bodegueiro arrepiar. — Aconteceu foi justiça.

MÁRCIO BENJAMIN
SINA

À SOMBRA
DAS LÂMPADAS

Até hoje eu acho graça. Quando a noite tá assim calada, sem pio de rasga-mortalha ou estalo do vento no canavial, eu acho graça. Prefiro. De longe a pessoa já via que era de fora, nem tanto pela roupa, mas pelo andar. Sabe aquele jeito assim largado, como se a pessoa não tivesse o que fazer? E não tinha mesmo não. Vinha distraído, chutando barro, resto de flor, e parou aqui, bem na entradinha do portão. Olhou, e olhou. Com as mãos no bolso ficou parado, como quem pensa. Até que bateu palmas, de um jeito cuidadoso, de quem tem medo de acordar alguém. E isso era o engraçado. Acordar quem? Fui até lá sem paciência e ele começou com uma conversa mole, uma fala cheia de pra-quê-isso, dizendo do tempo, da cidade das pessoas. Até que perguntou pela luz. Se eu tinha dúvida de que era de fora tinha resolvido era ali. Não tem quem seja das cercanias que não saiba. A gente não fala no assunto não, fala de jeito nenhum, mas sabe. Tava tão só naquele dia que quase contei, acredita? Com detalhes, o que aconteceu. A terra mexendo, as cruzes caindo, os dedos rasgando as mortalhas, o cheiro, meu Deus, o cheiro. A morte. A morte vivinha. Mas não; inventei algum projeto do governo e o homem foi embora rápido, sem interesse. É só falar em política que o povo foge. De fora, ele. Nem perguntei, mas sabia, só gente de fora não sabe a história, só gente de fora acha bonito um cemitério tão iluminado, mais brilhante que a cidade. Só gente de fora que não sabe.

MÁRCIO BENJAMIN

SINA

O OLHO DE SUÇUARANA
[PARA LUIZA]

— É sua. — Afirmou o velho.

A moça ficou sem o que dizer. A pedra em sua mão cintilava, lhe restiando os raios de sol no rosto, como as ondas de um mar azulado que ela viu só uma vez.

— O povo chama de Olho de Suçuarana. É a maior que a mina daqui já produziu. Pra muita gente foi roubada, sumiu, nunca existiu, tá na coroa da Rainha...

A moça enfim o olhou.

— ...mas a verdade é que tá aí, bem na sua mão. E é sua.

A mulher sentiu um ódio cego lhe comer as tripas e por pouco não jogou a pedra longe. Num segundo, o passado lhe veio à cabeça e ela se lembrou daquele pai distante, vagabundo, arruaceiro, que tanto fez a sua mãe chorar; aquele pai que não apareceu sequer no dia do enterro, nem quis cuidar dela quando lhe mandaram pra um abrigo. "Sem família conhecida": o nome no formulário tatuado na testa.

— Por que isso agora? — disse ela, constrangida pela sedução da pedra. Quanto valeria?

— Você não vai acreditar... — o velho suspirou.

— Vindo de você não vou não.

— Eu estou muito doente, Milha filha.

"Você teve o que merecia, vagabundo, safado!", quis dizer a moça, mas só naquele instante lamentou não conseguir ser esse tipo de pessoa.

— Você nunca me procurou, nunca falou comigo... — Não ia, não poderia chorar.

— Eu fiz muita coisa errada na minha vida.

Agora foi a vez do velho relembrar. E se viu novo, chegando na cidade ainda quando nem município era, vindo de cidade grande, já sem alma e sem palma, fazendo questão de tentar esquecer todos os crimes, todos os pecados, mas levando sem saber os seus fantasmas cuidadosamente dobrados dentro do embornal.

Trabalhou um tempo em fazenda fazendo o que sabia de melhor, enrolar os outros, juntou pouco, roubou muito, e acabou por comprar a preço de banana um terreninho esquecido, jogado. Aturou o deboche do povo, rindo, afinal, muito mais por dentro, depois.

O que danado fazia Antunes dentro, bem dizer, daquela caverna no fim do mundo? Num disse que era doido?

Mas de doido ele tinha nem o dê. E em pouco tempo cresceu, comprou, melhorou, até que a verdade brotou, como sempre brota.

Antunes tinha comprado o que ninguém conhecia por aquelas bandas. Uma mina.

Mesmo sem saber, vendo o crescimento do homem, os olhos e ouvidos cresceram junto e muita gente quis trabalhar, quis ganhar.

Mas Antunes era esperto, e escolheu a dedo os que estariam na mina. Cuidadosamente, selecionou os mais fracos, os mais egoístas, os mais manobráveis; brinquedos, tais quais os bois de osso que os meninos tangiam. Colocados um contra outro, até que fossem trocados. Sumindo no meio daqueles trilhos na caverna, por dentro dos labirintos de pedra, sem nome ou família pra reclamar os corpos.

Cansado das quengas, Antunes decidiu casar, mas até isso foi pensado. Escolheu moça de boa família. O pai aceitou de pronto quando o viu chegando na caminhonete brilhando de nova.

O casamento mesmo durou foi pouco. A mulher acabou sumida, internada em clínica na capital tamanha a maldade do marido.

Antunes não se importou. Em breve ia dar um jeito pra internação se estender. Pra sempre. Logo herdava as terras do sogro e terminava de comprar as máquinas de beneficiamento no estrangeiro.

Ainda mais com a chegada da pedra.

A notícia se espalhou como pólvora quando trouxeram a joia nas mãos.

— Turmalina — disse Antunes, hipnotizado. Sabia quanto valia aquilo.

Foi aí que tudo começou.

O primeiro a sumir foi Miquéias, magrinho assustado que veio do Norte como que fugido. Foi encontrado nas dunas dos detritos. Esfacelado.

Antunes juntou os trabalhadores e ameaçou, mais nada. Disse por dizer, mas sabia que ali não tinha sido coisa de gente não.

Depois foi Zé Preto, que apareceu esbaforido no escritório, sem bater ou pedir licença, ainda de capacete.

Entre atropelos, disse que tinha visto uma coisa dentro da mina. Antunes ficou cabreiro. Zé Preto chorava como um menino novo.

Sem querer fazer pantim, Antunes escolheu com muito cuidado os homens mais orientados e entrou à noite. Não encontrou nada, mas Zé Preto nunca mais voltou.

Dali pra frente tudo de perdeu. Mais homens morreram, todos destroçados por alguma coisa que tava longe de ser gente.

Um a um foram indo embora, e a fama de malassombrada impediu outros de voltarem. De pouco em pouco, a mina foi se abandonando e a fortuna de Antunes rareando.

Até que veio a moça da cidade. Estudiosa. De primeiro, Antunes fez foi rir. E mulher entende de mina? Mas foi tanta sugestão, indicação, certeza, que ele acabou por deixar ficar.

E a coisa voltou finalmente aos trilhos. A moça seguiu caminhos novos, conseguiu mercado, comprador, conseguiu parceiros, outros minérios, chegou até a dar aula aos trabalhadores analfabetos. Logo, já tavam vendendo era pro exterior.

Com a idade chegando e fazendo de tudo pra se manter sem notícias da mulher, Antunes decidiu que ia se casar de novo, dessa vez, com a moça da mina. Tão jovem, tão bonita.

Mas a decisão desandou foi quando, com a desculpa de reforçar a manutenção, pediu um conselho e conseguiu arrastar a mulher pra dentro das paredes de pedra e fazer o que sempre fez: as coisas do seu jeito, bem como queria. Desandou porque ao sentir os braços do velho por dentro da saia, lhe berrou um "pai" como quem dá um bofete.

Pela primeira vez, Antunes ficou sem fala, enquanto via a moça fugir, chorando, escondendo a saia rasgada.

Nunca mais a tinha visto, até agora.

— ...na minha vida. Ainda dá tempo de consertar alguma coisa.

— Seu Antunes...

— Aceite a pedra. Venda, suma!

Vendo a derrota se aproximar pela segunda vez em sua vida, mudou de tática.

— Ninguém sabe que eu sou seu pai, você não tem como provar. Não adianta vir aqui, me ver morrer! Tomar o que é meu!

— Eu nunca precisei de você! Se bem que...

—Quê?

A moça tomou coragem.

— Se bem que ver você morrer me faria bem.

Antunes riu.

— Taí. Agora eu vejo. Puxou a mim. Minha filha!

A moça virou as costas e saiu sem se despedir. A turmalina na mão de Antunes refletia aquele sol de fim de tarde por toda a sala como quem acusa. Não, ele ia dar um jeito. Sempre dava, não dava?

Angustiado, o velho andou pra mina. Vazia, era como sendo assim um monumento, um mausoléu.

Tentando afastar pra longe o pensamento, arrazoou em ir pra o escritório fazer umas ligações. Amanhã chegava o povo do estrangeiro.

Mas estancou assustado quando viu, na porta de entrada, os trabalhadores que um dia lhe serviram. Foram tantos assim? Tantos morreram?

De braços estendidos, lhe chamavam pra perto mostrando com orgulho as pedras que lhe valeram as vidas e brotavam, cintilantes, por dentro da carne podre e desfigurada.

— Olhe só o que a gente encontrou, Seu Antunes! O senhor, Seu Antunes, o senhor tá rico!

Desesperado, o velho gritou pela última vez, bem na hora que o sino da igreja badalou, chamando o povo pra missa.

* * *

Tangendo com calma as curvas da estrada sinuosa, a moça ligou o rádio em uma música qualquer. De volta pra casa, descansou de um peso enorme nos ombros. Cumpriu o juramento que fez à mãe: conheceu o pai. Agora seria vida pra frente, página virada, disse, encarando a si mesma no retrovisor.

Perdeu o ar, porém, quando percebeu, pelo espelho, um pano estendido no banco de trás. E dentro dele uma magnífica pedra azulada, que refletia o que restava daquela tarde.

— *O destino veio cobrar o seu preço* — compreendeu Zé, resignado.

De repente, a nuvem de tristeza que vez por outra tomava de conta de Margarida ocupou todo o verde daqueles olhos. E num puxavante decidido, a mulher tomou Zé pra perto de si, dizendo-lhe em uma voz decidida.

— Pois vá simbora, Zé. Vá simbora daqui! Agora!

E bem ali na sua frente, começou inteiramente a se despedaçar como sendo uma casa velha e descascada. As mãos se cobriram de lapeadas sangrentas, e o belo rosto num instante se perdeu em um mundaréu de perebas. Da boca mole, o bafo fedorento quis lhe dar uma chance.

— A gente tá aqui cumprindo a nossa sina, Zé Trancoso. A sina de quem já se foi mas nunca vai ter paz. Já se passou muito tempo desde que nosso destino se embolou um com o outro, e o que foi feito nessa celeuma barrou pra sempre nosso descanso. Tentando entrar no circo, você invadiu um castigo que não era seu. Mas ainda dá tempo. Não deixe bater as horas do fim do espetáculo, senão você vai é ficar por aqui com a gente. Eu já fiz muita da coisa ruim na minha vida, e arrastei comigo o Pinote. Agora tô presa a Zenom pra sempre. Mas tu não! Cuide, Zé! Vá simbora!

Nem bem o que sobrou de Margarida falou, apareceram, ainda mais aflitos: Pinote e Zenom. E tal qual a mulher, mostraram seus verdadeiros rostos.

O palhaço jazia roxo e embolado, com a língua grossa enrolada na boca e a marca da corda ao redor do pescoço. O mágico trazia a garganta cortada e a cabeça torta, quase dependurada no talho fundo do pescoço, feito pela faca afiada, ainda em suas mãos.

— Agora você não tem mais escapatória, Seu Zé. Teu destino anda traçado. Tu num queria viver no circo? Apois venha logo mais a gente pra esse espetáculo — disse Zenom, maldoso.

Angustiado, Zé Trancoso perdeu a força nas pernas e se pegou na ajuda do seu santo de casa, o seu avô.

— E agora, Seu Trancoso? E quando a gente não sabe o fim da história faz o quê?

Em resposta, Pinote segurou Zenom com força, tomou-lhe a faca das mãos e acabou de lhe rasgar o pescoço, que derrubou, aos seus pés, a cabeça surpresa.

Atenta, Margarida tomou-lhe o molho de chaves presa no cinto enquanto o torso caía sentado, e jogou pra Zé.

— Essa sina é mais velha que o tempo, Zé, e não se acaba com Zenom. Pegue a caminhonete e siga pra bem longe da gente, porque da próxima vez vai ser a sua hora.

Sem pensar duas vezes, Zé correu num desespero sem nome pra perto do veículo pintado de todas aquelas pessoas, com a música do circo lhe perturbando os ouvidos, bem dizer, lhe contando os minutos de vida.

E mais rápido do que nunca antes, entrou atropelando o quarto improvisado dentro da tenda, apanhou a sua mala e correu pra perto do veículo.

Trêmulo, lutou pra encontrar a chave certa no molho. Mas se tinha tantas, meu Deus, se faltava tão pouco tempo?

Agarrado no rosário bento trazido no pescoço, Zé gritou ao perceber a chegada do público, que apareceu como se sempre andasse por ali; ao notar, já bem próximos, os três, que voltavam pra lhe cobrar a chance dada.

— A sua hora chegou, Zé — lhe disse Zenom, dentro da sua cabeça.

Trêmulo, o homem quase riu ao sentir a caminhonete velha tomando vida bem ali nas suas mãos, resfolegando e urrando como quem diz venha comigo, danado.

E o contador de histórias subiu nela e apertou fundo o pé no acelerador, em direção à sua libertação.

Neto acordou deitado no chão de areia ainda segurando o vento como quem aperta as chaves que Margarida tinha lhe dado fazia tanto tempo.

Levantou-se num susto, limpou a areia do casaco e abriu a boca, como se fosse negar, mas não teve como.

As três eram reais e lhe disseram o que precisava ouvir fazia era tempo.

Não sabe como, Deus lhe defenda saber, mas disseram.

E isso era bom?

Era de que não tinha certeza, tinha nada.

Sem sentir as pernas, começou a caminhar desorientado como quem acorda de uma cachaça grande.

O dito foi assim um alívio agoniado.

Onde estaria o circo de Zenom, afinal? Perto?

E Margarida?

Mas era sem futuro pensar nisso. Tava vivo, num tava? Pois então.

Agora era seguir em frente e viver, como sempre fez.

Tomado daquela força renovada, de quando as pessoas sentem no próprio couro a raspada da foice da morte, Neto viu, enfim, o povoado lentamente, se aproximar e, com ele, aquele calor no coração de uma vista conhecida. Afinal, as cidades pequenas, de um jeito ou de outro, eram todas iguais.

As casas dispostas lado a lado abriam passagem para uma acanhada igreja ao fundo, distante, quase pro lado do pé da serra.

Aquele silêncio discreto, aquele tempo que passava devagar como se durasse pra sempre.

As mesmas pessoas fazendo as mesmas coisas.

Se bem que ali gente não tinha.

Não tinha bar, música, comício.

Caminhadas.

Nem burro, nem cachorro.

Nem menino correndo, jogando bola.

Nem igreja chamando pra missa, pra culto.

Apenas uns redemoinhos de lixo, sacos plásticos, fraldas de criança, que, antigos, se melavam de poeira na estrada de terra.

Vazia.

Neto sentiu um aperto no peito e um quase aviso de Maria a lhe sussurrar no ouvido lhe pedindo cuidado.

Lembrou-se novamente do circo e pediu a Deus ou a quem quer que pudesse ajudar, que os mantivesse longe, bem longe.

Mas ali não se tinha outro jeito. Precisava encontrar um abrigo, conseguir algum dinheiro com o circo, com o que pudesse e depois...

E depois?

Lhe perguntou a voz, bem dentro da cabeça.

Neto cobriu a cabeça com as mãos e rezou uma das orações ensinadas pelo avô.

— Que Deus me ajude.

Era fim de tarde quase. O céu já se pintava daquele encarnado bonito enquanto os pássaros da infância de Neto quebravam o silêncio em sua honesta arruaça.

Agora era muito do barulho, mas o contador de história gostou. Andava precisando de uma agonia daquela pra ajudar a calar as besteiradas da cabeça.

Estava vivo. Depois de tudo aquilo estava vivo e agora era entender onde estava, tentar se manter com o que conseguisse e, depois de apurar algum, sumir em busca de sua nova vida. Quem sabe contando histórias, como o avô, como sempre fez. Mas em dia de hoje será que o povo ia pagar pra ouvir histórias?

Sim, iam sim. A contação morre é nunca, já dizia o finado Trancoso.

Finado?

Nunca tinha visto o corpo do avô, depois da visita daqueles homens, nunca mais tinha ouvido.

Será que tinha morrido mesmo?

Neto sacudiu a cabeça, espantando pra longe os pensamentos. Não adiantava pensar naquilo.

Agora pela segunda vez se descobria vivo, pela segunda vez desde que Maria lhe pegou de cima daquele cavalo e entendeu o recado do terço.

Ali foi como se estivesse de novo naquela conversa da cozinha, em que, de olhos arregalados, ouviu uma ruma de histórias sobre a região. Na época quis duvidar, mas acabou foi se lembrando da porca e engoliu a incerteza junto com um copo quase cheio de leite com um restinho de café.

A mulher então lhe pegou pela mão e mostrou o seu quarto, um de verdade com uma rede alva e boa, baú pra roupas e lampião dependurado.

Mandou Neto se lavar e descansar.

— Amanhã começa aqui uma vida nova pra você, menino — disse ela, num sorriso de esperança.

E num foi que começou mesmo?

Apesar da noite agoniada, em que sonhos com o avô preso em um poço escuro pedindo socorro se misturavam com o cheiro da porca imensa, o cansaço foi maior e o menino acabou por dormir.

Acordou com um delicado safanão de Tião no punho da rede.

— Eita do caba preguiçoso! — disse o homem, entre sorrisos — Quebrei seu galho hoje porque foi o primeiro dia, mas amanhã a gente vai ter uma conversinha de pé de oreia.

E tiveram.

Tião explicou como funcionava a fazenda.

— A gente tem acolhido muita gente aqui depois que tudo começou. Seu Bezerra, que Deus o tenha em sua infinita misericórdia, teve que pagar com a vida, foi o primeiro. Aí se deu como um rastro de pólvora. A coisa ruim que andava enterrada por essas bandas encontrou o seu caminho de fuga e tomou seu lugar em muitas casas, muitas esquinas. O povo não aguentou. Sei nem quantas famílias foram destruídas pelo sete-pele.

Neto arregalou os olhos quando sentiu o braço se arrepiar como pele de galinha. Tinha visto o lampião sacudir a sua chama? Uma sombra passando pelo corredor?

— Essa gente tinha muito apreço pelo patrão — continuou Tião. — Sofreram com ele quando a família se perdeu. Até nisso o homem pensou. E antes de caçar o filho planejou. Deixou tudo pra mim e Maria administrarmos com a promessa de que recebesse quem precisasse.

— Agora a gente faz o combinado, mas pede uma ajuda de quem recebemos — falou Maria, entrando no quarto. — Tu vai morar aqui com a gente, Neto, o tempo que for preciso. Faço isso com muito gosto em nome

do seu avô, que foi um homem bom e honesto, e que também soube nos ajudar quando a gente precisou dele.

— Foi? — disse Neto sem sentir. — O meu avô não morreu, Dona Maria. Ele não pode ter morrido...

Maria ajoelhou-se no chão e pegou as mãos do menino com as suas. Elas eram mornas e cheiravam a pão novo.

— Você já é bem dizer um homem, Neto. E precisa continuar entendendo. O seu avô não vai voltar. Ele fez a escolha dele. Ele escolheu ir pra proteger você. Isso já estava escrito. E se estamos aqui juntos é pra cada um defender o outro de um mal maior que anda rondando as nossas casas faz é tempo...

SÍTIO
DOIS IRMÃOS

— Vailha-me, Deus.

A mulher acordou sufocada. Sentou-se na cama dura, passando a mão na cara banhada de suor. Levantou-se devagar, ainda tonta de sono e foi tomar um gole do resto da água que sobrava na quartinha de barro do quarto apoucado.

Devagar, a respiração foi voltando pro lugar, enquanto a frieza da caneca de alumínio lhe arrepiava os beiços enrugados.

Mais um sonho. Agora com o marido novo, os dois na festa de casamento, ainda na fazenda antiga, antes do sítio. Ela também moça, arrumada, comendo tanto do bolo tão branco, sabendo que ia desarranjar. O esposo jovem também. Tão bonito, meu Deus. Tanta gente, e aquele cheiro de vida.

E de repente ela se dava conta que não era não, que agora era mentira. Aí acordava agoniada, com aquele silêncio lhe doendo os ouvidos, sentindo a camisola velha subir e descer nas costelas magras como sendo a lona de um circo.

Eita da coisa linda era um circo. Tanto do bicho. O coração transpassava quando viam anunciar na cidade. Uma ruma de moça bonita, como ela, quando jovem, no casamento.

Fazia tanto tempo.

A senhora foi pra janela em busca de um pouco de ar. Já nem sentia mais o cheiro de podre, sempre em algum lugar.

Lentamente o sol insistia, manchando de um vermelho desmaiado o céu ainda escuro.

Ela achava que era a pior hora. Acostumada, sempre acordava antes do raiar, ou antes do galo cantar, como se dizia antes. Há quanto tempo?

Ali já não se fazia sentido.

Tinha muito que bicho deixou de ser. Os mais novos que sobreviveram nem se lembravam mais como era o cantar do galo. Claro que encontravam foto, filmagem, mas a lembrança andava sumida, como a fumaça preta do meio da rua subindo pro firmamento.

Na casa vazia, as chinelas estalavam cortando o calado.

Já tinha desistido de falar sozinha fazia era tempo.

Com medo de ficar doida de vez, se prendia à rotina.

Arrumar as gavetas.

Dobrar a roupa.

Acender as velas do oratório.

Tirar a poeira escura dos móveis gastos.

Se esconder debaixo da cama quando batiam palmas do portão sempre trancado.

Lembrou-se do susto lapeando o coração quando tentaram entrar, se dizendo do governo. A mulher tomou coragem, apeou na janela a espingarda velha do marido e acertou um, que saiu pingando sangue pra dentro do carro.

Nunca mais.

Suspirou enquanto abria um dos últimos pacotes prateados da ração deixada na porta.

Fazia quanto tempo, minha Nossa Senhora?

Que dia era hoje?

Marrom e pastosa, só tinha era sabor de comida de bicho.

Quando tinha.

Ela ainda sentia cheiro? Ainda provava gosto?

Lambendo os dedos grudentos, se lembrou de quando andava de cavalo por dentro da fazenda velha, experimentando embaixo das pernas o calor firme do animal.

Tinha acontecido mesmo? Ou era o diabo daqueles sonhos de novo?

Cuidadosa, levou o pacote pra pia e lavou, dobrando e guardando junto com os outros no armário da cozinha, os símbolos em pé lado a lado como sendo uma tropa.

Não esperava sentido.

Nada mais fazia sentido não.

E veio a dor, como vinha sempre depois que comia. Era doença? Ou andavam querendo envenenar os velhos aos poucos, como se matava gato?

Sorriu ao se lembrar dos tantos gatos da fazenda.

Chane, chane, chanim...

Esfregou os dedos chamando, chamando, mas quem disse?

Haveria de ter vingado algum, em outro lugar que fosse?

Já nem percebia a falta, era como se o peito fosse assim um relógio velho, faltando mola, corda, que andasse pendurado na parede por preguiça de tirarem.

Já não tinha vontade de deixar o sítio, de tentar contato com outros. E se fossem ruins, como foram os poucos que ela espantou à bala?

— Ração condenada, meu Deus — disse, quando a dor lhe apertou às tripas.

Bebeu um pouco mais da água de poço, segura, e pediu que lhe tirassem aquele sofrimento, acalentando-se ao se lembrar da rocinha acanhada, escondida em cima da casa, feita das sementes intocadas, que logo iriam germinar.

Será se antes de acabar a ração?

Perguntou a outra, dentro da sua cabeça, uma mais velha e mais doida, que lhe encarava de dentro do espelho, com as tetas murchas.

Tudo veio tão rápido, aconteceu tão agoniado.

E logo não havia mais bichos, abraços, gente.

Sacudiu os pensamentos como quem vasculha o teto de uma casa.

Pensar já não ajudava.

Preferiu se lembrar dos afazeres.

Da rotina.

Catou a faquinha afiada do quintal e foi pra janela.

Ao longe, já se juntavam, todos eles; se arrastando.

E se lembrou do sonho, do marido vivo, dos vizinhos, do bolo na festa de casamento.

Das noites frias requentadas com a contação de história de Seu Trancoso.

Abriu a mão, com a palma marcada de cicatrizes e empurrou a faca afiada, que logo fez brotar um filete vermelho.

Vivo.

Apertou com força, deixando o sangue escorrer.

E como faziam dia sim, dia não, bem dizer, vieram todos, se acotovelar embaixo de sua janela, brigando pelas poucas gotas.

Já nem bicho. Nem gente.

"Tião?", Maria sempre pensava em falar, mas com o tempo descobriu como engolir as palavras.

Já não se tinha o que dizer afinal, pensou, enquanto via a poeira do terreiro subir.

MÁRCIO BENJAMIN
SINA

CONFIRME
PRESENÇA

— Saia da minha frente, vó...

Ainda que pequena, a velhinha por ali tinha uma força tremenda. Os olhos firmes e os pés de passarinho, fincados no chão, diziam que não. Não ia sair da frente de ninguém.

— Você só pode tá é brincando, Jailson, pelas caridade. — A senhora agora lhe segurava os braços, com as firmes e decididas mãos em garra.

— Tu não tava onde eu tive? Tu não viu o que eu vi, menino?

Sim, tinha visto. E não iria esquecer nunca. Os corpos empilhados como sendo qualquer coisa, fazendo peso no matadouro abandonado. O fedor tomando conta de tudo quanto era canto da cidade, ainda mais um pouco deserta. Os cachorros de rua, os ratos, arrancando o que podiam. O preto dos urubus dando voltas no céu azul como uma enorme nuvem de moscas.

A cidade morta, se consumindo no que restava.

O cemitério andava cheio, iam enterrar onde? No começo ainda tentaram disfarçar o cheiro com desinfetante, água sanitária, lavanda de farmácia.

Mas catinga de morte ninguém lava.

Foi aí que os cachorros, ratos, os urubus começaram também a cair, a morrer.

E não só os bichos, afinal.

Ferreira, vigia e coveiro, foi o primeiro.

Daí não se teve o que fazer.

Simplesmente, fechou-se o portão de cadeado e se acostumaram com o podre naqueles dias, como sendo assim um parente que chega sem avisar, e tem que ser recebido a pão de ló.

Mas pra fome não há solução senão bucho cheio, e alguns animais conseguiram atravessar as grades e refestelar-se no que podiam daquelas carnes mortas, imundas.

Os que viram disseram que se viraram em outros, loucos, ainda mais famintos, cegos de consciência, cheios de vontade apenas.

Falaram que Seu Antônio ainda conseguiu abater muitos, armado com aquela espingarda enferrujada.

Mas acabou ele mesmo vexado pelo mais violento, que cego de ódio, arrancou o que pôde da perna magra.

O homem se foi uns dias depois.

Preferiu usar em si a mesma arma que tinha atacado os cachorros, antes que se perdesse também naquela fúria de besta.

Aí não houve quem quisesse mais sair de casa. As notícias estalavam nos celulares cada vez mais, e também lá fora, bem longe, mesmo em cidades das quais as pessoas se lembravam, os mortos se empilhavam.

Muitos insanos como os cachorros, era o que se passava através dos vídeos pouco nítidos e dos endereços obscuros.

Mas quem ia pagar pra ver?

Da última vez que ainda tiveram coragem de botar a cara pra fora de casa, o povo invadiu foi o mercado, levando tudo o que podiam, ainda que não precisassem.

Quem sabe o quanto mais iam se esconder?

E no meio da praça só se escutava o eco das janelas batendo, dos trincos fechando.

Do lixo amontoado no meio da praça vazia.

O cheiro das velas acesas pra subir, pra sumir com aquele cheiro, pra espantar aquele peso, aquela maldade, tomava as casas pobres.

Mas como, se ele vinha era de dentro do peito de cada um?

Por quanto se pôde ficou dentro de casa.

O guardinha do posto fez às vezes de delegado e cobrou, até de arma na mão, a clausura daquela gente.

Até que a vida exigiu seu preço e Novinho, filho do prefeito, aproveitou a ausência do pai, que tinha ido arriscar verbas na capital, e inventou uma festa daquelas que há muito tempo não se via, com cachaça, buchada e trio de sanfoneiro. Uma festa relembrando a vida no meio de tanta morte.

Alegando medo da repercussão negativa, não chamou quase ninguém da cidade. Torto daquele cheiro de fim, daquela palidez trancafiada dentro de casa, convocou companheiros de copo e de bolso, e a companhia das mais belas mulheres que pôde, algumas pagas e outras não.

Mas assunto novo em interior é pior que rastilho de pólvora e a notícia logo correu pelas ruas desertas até a fresta das portas trancadas.

Com um misto de inveja e desgosto, o povo teve afinal que descer na garganta aquele amargor melado com despeito.

A quem iam reclamar?

É no meio das voltas do mundo, porém, que o destino sabe se rir da gente.

Foi na hora de separar as obrigações que viram o que todo mundo já sabia: os que nascem do dinheiro velho não saberiam dar um prego numa barra de sabão, nem que disso dependessem as suas vidas; seria sim preciso alguma ajuda.

E não foi que se lembraram justamente de Jailson que, dispensado há pouco do Exército depois de um acidente mal contado que lhe custou a vista direita, andava muito precisado de um financeiro? Afinal, a aposentadoria minguada da avó não era suficiente pros dois, e ele, caba homem, não ia se permitir viver às custas da senhora.

Novinho ficou feliz, pois o desespero era o melhor tempero pra economia, já dizia o seu pai, às escondidas, e sabia que Jailson trabalharia por qualquer caramingua.

Em uma breve reunião no bar rente ao açude, acertou às pressas o pingado e ficou no aguardo do hoje segurança, cego de um olho, mas muito determinado.

— E na Prefeitura, Doutor? Depois que passar esse tumulto? Não há de ter nada? — perguntou o neto, roendo as unhas.

Novinho bufou contrariado, detestava esse tipo de cobrança. Detestava qualquer tipo de cobrança. Ainda mais feita por alguém contratado fazia tão pouco.

— Tenha paciência, Jailson, vou ver o que posso fazer. Por agora é a festa. Não se atrase!

Levantou-se e saiu, deixando uma nota graúda em cima da mesa e um copo de whisky pela metade enquanto levantava as pedrinhas da estrada nunca asfaltada, como seu pai tinha prometido.

Jailson ficou com o barulho das pedras moídas pelos pneus da caminhonete nova, estalando no orgulho ferido, e cortou um dobrado em casa pra ludibriar a avó, que de besta não tinha nem o bê.

— Eu preciso ir, vó, tem outro jeito não — disse, com firmeza.

— Ora se tem, menino, sempre se tem. Enquanto se tem vida, tem jeito! — insistiu a velhinha, experiente que nem mandacaru.

— Ele ficou de me arrumar um emprego na prefeitura. — Mentiu, cabisbaixo.

A vó o olhou bem na vista boa, fatiando a mentira jogada de qualquer forma. Mas ela no final também queria se enganar. Se Jailson fizesse um bom trabalho, quem sabe? Quando tudo isso se acabasse, quem sabe?

— Espere...

Correu dentro do quarto e voltou com um punhado de pipocas dentro de um pote de barro, que despejou no neto, da cabeça até o resto do corpo, em benzimento, esfregando ainda dos ombros pra baixo, enquanto pedia ajuda ao seu santo de cabeça.

Agradecido, Jailson sorriu, abraçou a avó e deu-lhe um beijo estalado na testa, confiante e revigorado.

— Se preocupe não, Dona Teresa, nada há de acontecer.

E, com o terno puído do avô falecido, ganhou a noite.

— Atotô*, meu pai, cubra com sua palha sagrada esse menino... — disse a mulher, antes de ocupar o lugar na cadeira de balanço enrolada com fios de plástico vermelhos, enquanto esfregava aflita as contas do colar negro do pescoço.

Era cedo ainda quando a festa começou. Os inúmeros convidados, todos filhos das famílias mais ricas da região, se tropeçavam no alpendre sem fim da fazenda, tendo despejado no pátio suas caminhonetes e mulheres de luxo.

---

* Saudação a Omolu, Orixá da doença e da cura.

As indefectíveis máscaras ornavam os rostos de todos, tornando-se uma não programada festa à fantasia, o que deu uma ideia ao anfitrião.

Em frente a todos, Novinho tomou o centro da entrada da fazenda. Arrumaram-lhe um banco pra que subisse e ele falou em um tom de voz altivo, firme. Político.

— Pessoal, boa noite, sejam muito bem-vindos aqui ao meu... — titubeou por alguns instantes, procurando a palavra. — ...paraíso! E, hoje, de vocês também.

Em apoio, todos aplaudiram.

— E como tá todo mundo de máscara, o que eu gostei de ver por conta da preocupação com a doença...

A simples menção à praga que tomava as cidades fez a tristeza chegar de leve, como uma saudade ruim.

— ...quero que todo mundo fique assim até a meia noite, que a gente vai fazer o sorteio é de um prêmio especial. Quem conseguir ficar de máscara até a meia-noite vai levar um boi, um boi daqui da fazenda. À escolha.

Em algazarra, todos trataram de apertar as suas máscaras no anseio de receber um boi premiado.

Seria fácil, não? Era só não tirar a máscara.

— Ei, Novinho, falou tá falado, visse? — gritou ao longe o filho do intrigado político.

— E eu lá sou homem de duas palavras, rapaz? — perguntou, de cara feia. — Agora é todo mundo enchendo o cu de cana e comendo, vamos simbora!

Ao final do dito, o trio de sanfoneiros gemeu o som e a melodia convidativa se espalhou pra onde quer que se tivesse ouvidos pra ouvir.

No escuro do céu, os fogos de artifício faziam as vezes de estrelas, dançando junto com os convidados.

Mas o que parecia tão fácil na verdade não era não, e pouco a pouco a luta pra respirar passou a ser prioridade.

Se aquela era uma festa, como se dança forró sufocado?

Uma a uma as máscaras foram sendo retiradas e as fotografias dos desclassificados já ornavam as redes sociais do dono da festa.

De repente então o boi premiado já não tinha importância e o lixo andava um amontoado de panos descartados, sujos de cerveja ou batom.

— Vai tirar a sua não? — perguntou a Jailson o amigo Pedro vaqueiro, hoje garçom, enquanto também retirava do rosto.

— Vou não. Prometi à vó — mentiu. — Além do mais, se todo mundo tirar, eu ganho o boi.

O outro riu, em deboche.

— Só sendo que tu vai ganhar. A gente é ralé pra esse povo, rapaz. Tá participando não, tá nunca. Além do mais com essa frescura de máscara. Exagero — respondeu, enquanto saia, mal equilibrando a bandeja tomada de copos cheios.

— Deus queira. Deus queira que seja. — Murmurou Jailson, mais pra si.

* * *

Passava das onze horas da noite quando o relógio da sala bateu.

Todo em madeira, sacudia pra lá e pra cá seu grande pêndulo, que a cada sessenta minutos, badalava um som denso pra dentro da sala, um estrondo lúgubre e profundo, uma lembrança de alguma coisa muito ruim e inevitável.

A zuada era alta, certeira e densa. Tinha feito muito medo à Novinho quando pequeno, nas idas à cozinha à noite pra buscar um gole d'água na geladeira.

Dizia um empregado antigo que o relógio foi feito de madeira de barco. Um barco grande, que se acabou por cima das pedras, bem ali mesmo na praia; um acidente terrível onde tinha morrido muita gente.

Novinho balançava a cabeça como quem não quer crer, mas sentia, dentro de si, que a história tinha lá seu fundo de verdade.

Ainda mais quando passou a ver um vulto, muito parecido com o agregado, próximo ao relógio, depois que ele morreu.

Sempre no exato bater da meia-noite.

— Seu Novinho? — perguntou Jailson.

O filho do prefeito assustou-se de repente, mas logo procurou manter a pose, já puxando a perna, tonta de whisky.

— Ainda de máscara, Jailson? — perguntou Novinho, tentando disfarçar a suspiração descompassada.

— Sim, promessa — desconversou.

— Muito bem, quase todo mundo já tirou. Vai que esse homem ganha, né não? — perguntou, irônico.

Jailson iluminou o olho bom em um sorriso escondido.

— Tá falando sério, patrão?

Novinho ficou subitamente circunspecto.

— Claro que não, Jailson, vá simbora fazer o seu trabalho — respondeu o patrão, voltando a ser o que era.

O segurança concordou com a cabeça, mas estancou quando viu na porta, um homem. Uma figura alta e magra, pendurando no rosto esguio uma máscara cirúrgica branca e no corpo espichado algo muito parecido com uma mortalha.

Ambas salpicadas de vermelho.

Jailson tomou a frente, no que foi impedido por Novinho.

— Isso só pode ser coisa desse condenado. Augusto! — gritou alto pra todo mundo ouvir.

O outro, filho do dono da oposição acabou por ouvir e quis explicação.

— Danado é, Novinho? — falou o outro, sem tirar os olhos do dono da festa.

— Essa marmota é coisa do seu pai, né não?

— Eu não sei nem do que você tá falando, sujeito. Me respeite! — disse-lhe, já com o dedo na cara.

Empurrando o desafeto, Novinho despejou-se até a visita indesejada. Na mesma hora que o relógio badalou doze vezes.

A confusão logo chamou a atenção do sanfoneiro, que acostumado a furdunço em festa de rico, num instante recolheu o seu fole, ordenando aos demais que também calassem seus instrumentos.

Em frente ao misterioso convidado, e com as orelhas já queimando da bebida, Novinho foi buscar esclarecimentos. Mas, astuto que era, entendeu que não poderia continuar com a agitação sem antes se inteirar do acontecido.

— Atenção pessoal, o nosso amigo aqui conseguiu o que ninguém alcançou e ficou de máscara até a meia-noite, vejam só...

Atento, o trio já ensaiou machucar a zabumba, mas o tocador ficou com a maceta no ar, ante a ordem silenciosa do filho do prefeito, que lhe estendeu a mão, mandando que aguardasse.

— ...assim, como eu sou um caba de palavra, o boi vai pra ele. E aí, meu amigo? Tu agora tem um boi, diga aí! Pode pegar presentemente ou na saída.

O convidado manteve os olhos fixos no filho do Prefeito e pareceu dizer algo, em sussurro, que arrepiou os pelos da sua nuca.

— Não escutei, meu grande. Tire aí a máscara pra gente se falar melhor — disse, num riso sem graça.

Com um olhar triunfante, o convidado desatou os laços atrás do pescoço e deixou que lhe vissem a boca sem lábios, escancarada em um terrível e eterno sorriso, enquanto o sangue lhe descia em golfadas, renovando as manchas da mortalha.

— Muito obrigado, Novinho. E muito obrigado a todos por me receberem aqui — respondeu, enquanto segurava o filho do prefeito pelos punhos.

Novinho quis gritar, mas não houve tempo. Agoniado, sufocou-se ali mesmo em plena terra seca e, em busca de um ar que não existia mais, apagou-se de vez.

Quem sabe como os tripulantes daquele relógio que um dia fora um navio e que andavam agora todos a lhe observar ao lado das badaladas?

Um a um foram caindo os demais, tal e qual passarinho atingido por baladeira de menino.

E num instante o chão era igual ao terreiro do matadouro.

Trêmulo, Jailson não conseguia se mover e logo era o único em pé no meio daquele mar de corpos.

Não o único, porque o convidado aproximou-se com rapidez em seu largo sorriso, como quem flutuava sobre a grama suja no chão, imunda de corpos e copos plásticos.

Lentamente, o estranho aproximou-se, mas não conseguiu tocá-lo.

Jailson, ainda sem fala, observou ao longe outra presença.

Apertou o olho que restava, cobrando da vista que trabalhava por duas, tudo que ela pôde lhe dar.

Notou lá perto da entrada da porteira as palhas assanhando-se no meio do mormaço.

E percebeu dentro dela alguém, ou algo, mais forte e mais antigo do que a própria morte.

Alguém a quem se respeitava, de quem não se falava, e que dava, a cada um, o que lhe era devido na hora certa.

Abriu a boca para saudar o Velho.

Silêncio!

Mas lembrou-se do que a sua vó lhe dizia.

Ele está entre nós.

A força tão viva e tão perecida, que tomava pra si a doença e a própria cura.

Em respeito e completamente apavorado, o convidado não ousou se aproximar mais.

— Hoje você ganhou, rapaz. Hoje você ganhou — disse-lhe a voz, vinda não se sabe de onde.

E juntamente com sua mortalha ensanguentada sumiu ali, bem de frente ao segurança, como se nunca nem tivesse vindo.

Assim como sumiram, logo em seguida, as palhas do benfeitor.

Atônito, Jailson rezou em voz baixa a oração que a sua vó lhe ensinara enquanto um calor lhe tomava o peito.

E seguiu pro curral, em busca do seu boi.

Mesmo depois de tanto tempo, Neto ainda se arrepiava ao lembrar-se dessa história e com a ameaça do tinhoso tão próxima, não sabia em quem confiar.

Nem mesmo em Tião.

Se ele tinha sido tocado pelo mal, tinha recebido a visita da assombração, quem garante que ele não seria uma delas? Ou pior: que ela voltaria pra buscar o que era seu?

Assim foi a juventude de Neto, aperreada, esperando a toda hora o retorno do avô, ou uma visita de malassombro. Enxergando o Diabo em cada beco escuro, e por isso voltando pra casa bem antes de anoitecer.

Ainda estudou uns anos, mas o luxo não se pode manter. Já sabia ler e escrever, fazia conta muito melhor que adulto e assim que botou mais corpo, tratou de se aboletar de vez na lida da fazenda, se tornando muito necessário lá.

Ainda mocinho, não tinha pra ele em cima de um cavalo, sabia tratar vaca como ninguém e, pra achar coisa sumida, só perdia pro Neguinho do Pastoreio. Lia as estrelas como se morasse no céu e destruiu muito coração de mocinha com as cordas do seu violão.

Fez a sua parte, afinal.

Mas era neto de Seu Trancoso e queria tocar as coisas com as mãos, saber de onde vinham as histórias. Precisava conhecer o mundo fora da Fazenda.

A tristeza veio para Tião e Maria, mas no fundo entendiam que aquela criação, desde o começo, era emprestada. A cabeça do menino era desde sempre feita para a lua, que de tanto amar, chamava de madrinha. Por isso não estranharam quando este dividiu o seu desejo.

— Um circo, Neto? — riu Tião.

— Pois sim, era só o que me faltava. O que danado tu vai fazer num circo, menino de Deus? — perguntou Maria, tentando disfarçar com irritação a voz já embargada de saudades.

— Basta! O que for preciso, Dona Maria. O que me ensinaram a vida toda: não passar necessidade. Vocês me fizeram pro mundo, agora eu preciso conhecer, né não?

Maria abraçou-se ao filho postiço e Neto sentiu o seu coração bater forte. Não se tinha o que fazer.

— Pois vá simbora, meu menino. Que Deus e a Virgem Maria lhe acompanhem.

Olhando em seus olhos, Maria fez o sinal da cruz em sua testa.

— *Amém* — *respondeu Neto nesse instante, como quem pede novamente essa bença, ecoando o desejo pelas bandas das serras que arrudiavam o povoado.*

Agora sim a noite tinha se derramado por cima da cidade. E Neto se viu novamente menino, assustado. O frio já lhe gelava os ossos e ele esticou o quanto pôde o casaco comprido, que já fedia muito a suor e insegurança.

Novamente questionou a decisão atropelada de atravessar os limites daquele lugar inexplicavelmente perdido no meio do mato, surgido assim num susto, donde antes não tinha era nada.

E se...

O ruído por trás de um juazeiro grande lhe beliscou o juízo.

O tinhoso.

A resposta voou em forma das brancas asas de uma rasga-mortalha, que sacudiram as folhas em seu piado agourento.

— Olha a noiva! — disse Neto, rapidamente, e quase sem perceber, se viu encantado pelo reflexo alvo daquelas asas no céu.

Foi quando ouviu novamente o ruído, agora no mato.

E lembrou-se do filho de seu Bezerra, da sombra perseguida no circo.

Da porca.

Angustiado, percebeu que nada trouxe para se defender, a não ser a sua fé, que, tinha que admitir, andava muito pouca.

A respiração estava pesada e difícil, e o homem sentia como uma mão de gelo a lhe arrochar as fibras do coração.

O corpo já tremia abertamente, os joelhos batendo uns nos outros como sendo assim troncos de bambu sacudidos pelo vento.

E sem qualquer outro aviso, o bicho apareceu bem diante de si.

Agora não havia o que dizer, não havia o que fazer. Em sua cabeça, o seu juízo corria doido, procurando inventar uma desculpa que fosse.

A fome. O sono. O cansaço.

O bicho.

Bem ali na sua frente.

Mas se não cabia explicação era porque não se tinha o que dizer frente aquela ofensa à natureza.

Era também a porca, mas não só isso. Um atropelo de coisa, metade suíno, metade cachorro, a carranca odienta que gritava com os olhos cheios de ódio e a boca repleta de uma baba prateada grunhindo algo que não devia ser ouvido pela gente humana.

Peludo da cintura pra cima, os olhos cheios de um ódio seco, definitivo. Os dentes grandes e brancos rangendo em busca de carne, sangue, osso.

As patas de porco deram o seu esquivo, raspando os cascos demoníacos no solo arenoso.

Bufou novamente, abaixou-se.

Neto fechou os olhos. Não havia tempo pra correr, esconder-se, subir em árvores, não havia arma pra sangrar o bicho, única forma de destransformar sem acesso à roupa do condenado, pra queimar.

Arrochou ainda mais no peito o casaco e ao toque do danado nos dedos, veio a voz do velho, assim como o lampejo em sua cabeça.

"O Sino de Salomão".

E num instante lembrou-se, pequeno ainda, quando via Seu Trancoso costurando troços no casaco colorido grosso. Achava bonito, mas aquilo era mais, agora entendia.

A cruz amarelada, feita em dois triângulos, bordada em cima do coração, feita com a palha santa do domingo de ramos.

"Poderoso pra espantar lobisomem."

Mas animal não espera, e tempo de cabeça às vezes demora mais do que se pensa.

E o danado pulou.

Neto ergueu o casaco mostrando a cruz bem na altura da coisa.

Não houve tempo de parar e Neto sentiu como se uma parede tivesse caído por cima de si.

Mas também ouviu um grito e algo como um ganido alto, muito alto.

Com os sentidos em alerta, empurrou o bicho imundo de cima de si e se deparou com o homem alto, em pé com a faca prateada, ensanguentada, na mão. Agora partida pela metade.

— Venha simbora. Corra! A gente tem pouco tempo — o desconhecido falou em uma voz cheia de determinação.

E Neto correu, correu como se tivesse na Fazenda Bezerra, brincando na beira do açude. Correu como quem precisa salvar a própria vida.

Nem notou que entrava pra dentro do povoado finalmente.

Em frente, o homem corria ainda mais, acostumado que estava com aqueles aperreios.

* * *

Pararam bem em frente a algo parecido com um bar, fechado.

Na porta, escavada, a mesma proteção bordada no casaco.

Com destreza, o homem puxou o molho de chaves do bolso, escolheu a certa entre inúmeras, colocou na fechadura e o trinco estalou em aceitação.

Neto foi empurrado pra dentro e o homem trancou novamente a fechadura recolando a grande trava de madeira, de fora a fora da entrada.

As janelas fechadas e escuras traziam a Neto um consolo perdido fazia tempo.

Sentou-se no balcão e ficou olhando um instante para as garrafas coloridas e empoeiradas de todos os tipos de bebida possíveis enquanto o coração se compassava do jeito que dava.

Acordou com a batida do copinho em frente de si e o cheiro de álcool subindo.

— Tome aí. Pra esquentar.

Neto assustou-se ainda mais ao perceber o colarinho branco no pescoço do outro.

— Você é padre?

A revelação agoniou Neto bem mais do que ele pudesse compreender. A sensação de precisar lembrar-se de algo lhe perturbava o juízo, como um insistente pingo d'água batendo no meio da testa.

Mas lembrar-se de quê?

— Já fui — respondeu ele, virando a sua própria dose.

— Danado era aquilo? Onde mulesta eu estou, Padre? — perguntou Neto, ainda tentando respirar.

— Você foi ferido?

Só agora Neto se lembrou. Levantou-se de pronto e passou as mãos pelo corpo. Não havia machucados ou sangue.

— Eu acho que não... Não.

— Graças a Deus.

O padre colocou mais duas doses, uma pra si e outra pra Neto.

— Ela foi ferida. Mas não morreu, certeza.

— Ela? — assustou-se Neto.

— É pequena ainda, não tinha força suficiente — continuou o padre, quase pra si. — Se fosse maior, você teria morrido. Consegui sangrar a duras penas. O couro desses bichos é grosso demais.

Neto lembrou-se da sombra perseguida no circo.

— Deve estar atrás de você faz tempo. Tenho pra mim que ela gostou de tu! — debochou o homem.

— Deus me defenda! — Neto arregalou os olhos.

O padre riu alto, como se não estivessem no meio de um pesadelo, e o som acalentou por uns instantes a alma de Neto.

— E o Sino de Salomão, como você sabia?

— O meu avô. Esse casaco é dele. Era... Onde é que eu tô, Padre?

— Pode me chamar de Júlio. Eu não sou mais padre não. O meu rebanho foi... roubado.

Neto ainda não entendia.

— Como é que eu vim parar aqui? Essa cidade apareceu na minha frente como que por acaso.

— O acaso não existe, meu amigo, o que existe é o destino, e desse ninguém foge. Não tem alma viva que tenha surgido por essas bandas de qualquer jeito, sem merecimento. Essa cidade foi tomada por uma força sombria. Ela é mermo uma arapuca de passarinho que pega gente, se abre e se fecha de novo, conforme a determinação dessa força.

— Eu tô cansado, Júlio, tô cansado de abrir essa porta pro outro mundo. Tem hora que nem bem sei onde eu estou. Ou se estou. Já paguei o meu preço, escapei da morte por um fio de cabelo, agora preciso ir embora. Minha caminhonete tá quebrada lá na entrada da cidade. Preciso de uma ajuda pra sair ir daqui. Te devo muito. Se quiser, se aqui é tão ruim, eu te levo comigo.

O padre sorriu baixo, desiludido.

— Amanhã vemos isso. Hoje você descansa. A noite por essas bandas não é segura.

Neto assentiu com a cabeça.

— Por conta do que aconteceu com o seu rebanho?

— É como eu disse, foram roubados de mim.

Respirando fundo, Júlio tomou o último gole da cachaça antes de começar a história.

MÁRCIO BENJAMIN

SINA

FIM DE
MUNDO

— Graça.

Segurando com força a mão fria da filha, Graça se virou apenas quando lhe tocaram o ombro.

Os olhos tão mortos quanto o corpo em cima da cama, não conseguiram dizer nada à mocinha de recado, que torcia as mãos aperreada.

— O povo chegou. De Seu Beto.

O povo de Seu Beto. Que medo tinha daquele carro preto que passava levantando poeira nas ruas estreitas do povoado. Só o nome já botava menino pra correr.

E agora?

Apertava os dedos gélidos como se andasse presa, como se não pudesse sair dali.

Perdida, a mocinha virou as costas e foi embora, limpando o catarro inconveniente que insistia em escorrer.

E agora, Graça? E agora, mulher?

Por que não gritou, esperneou quando devia?

Oração resolve nada.

A mulher percebeu a respiração pesada ao pé da porta e sentiu o peito apertar. Não precisou se virar pra saber quem era, e um ódio fundo lhe transbordou por dentro do peito.

— Vá simbora — disse, entre os dentes, imóvel.

— Graça, você precisa ter fé. O Inocente tá aí fora.

Possessa, ela finalmente virou-se e encarou o marido como quem pudesse matar apenas com a força das palavras.

— Mande embora, senão mando eu. Esse condenado matou a minha filha, Chagas. Matou a nossa filha. Eu não fui mãe suficiente pra segurar ela aqui. Mas pelo menos do corpo cuido eu. Ninguém vai tocar na minha menina mais.

* * *

— Danado é isso, Doutor? — perguntou o homem que entrou no consultório do posto com uma sacola na mão, sem pedir licença. As marcas de suor tomando espaço na camisa puída de trabalho no roçado, molhada como se tivesse levado um tiro.

— Boa tarde, Biu.

— Danado é isso que tu deu pra minha mulher, Dito? — perguntou o homem, abrindo o saco e espalhando as folhas.

— Nada demais, Biu. É planta de chá.

— Isso eu sei, sou menino não. Minha mulher anda fraca do juízo, precisa é de remédio, não de mato.

Benedito respirou fundo. Lembrou-se da mulher chegando no consultório desorientada, dopada, arrastando a sacola rosa de loja de roupa, cheia de caixa de remédio. Medicação forte, inexplicável pra o caso, algumas proibidas.

— Sua mulher precisa daquilo tudo não.

— Precisa sim, Benedito, e se não vai ser você que vai dar eu consigo com a Prefeitura. Em respeito à finada Donana, eu não vou dizer onde você enfie esse mato.

E saiu bufando igual animal brabo.

Foi aí que o cheiro do cachimbo tomou a sala e Dito percebeu a risada grossa no canto da parede.

— Tá rindo de quê, Vó?

Acocorada no canto da sala, Donana socava o fumo no cachimbo e pitava numa grande puxada.

— Issé um cavalo. Bruto. A mulher ficou doida por conta dele. Sem vergonha.

— Nem toda doença se cura com píula, isso a senhora me ensinou muito bem.

— Como é, Doutor?

Entretido que andava com a visita de Donana, Benedito nem percebeu a enfermeira na porta, fazia era tempo, a bem da verdade.

— Pensando alto aqui — respondeu, sem jeito.

— A sua vó faz muita falta por essas bandas — respondeu Lourdes, compreensiva; o corpo e, principalmente, a alma do postinho acanhado.

— Se faz. Mas nem sei como seria hoje. Outros tempos.

Num susto, o rapazinho franzino apareceu na porta, sem uma gota de sangue na cara.

— Dito, pelo amor de Deus, venha simbora! Graça ficou doida!

* * *

— Condenados do Satanás! Ninguém vai encostar na minha filha!

Aos berros na porta do quarto, Graça brandia a faca que brilhava sua lâmina como se cortasse o ar.

— Tenha calma, Graça, pelo amor de Deus, solte essa faca, você vai acabar machucando alguém — pediu o marido, em pânico.

Ao redor da cena, os funcionários de Seu Beto arrudiaram Graça, como numa tocaia de clareira.

— Graça?

A voz doce e suave rebateu-se num silêncio de igreja, jogado por dentro dos corredores do hospital. Com uma firme delicadeza, o pequeno tomou o seu lugar naturalmente, como sendo Moisés afastando as águas.

— Paz, minha irmã — disse o Inocente, em um tom de voz sereno e um olhar profundo, os quais não combinavam com o seu corpo mirrado.

— Vá simbora, peste! Condenado! Você matou a minha filha!

— O tempo da menina se esgotou por aqui, é nosso destino deixar ir quem precisa.

— Você não deixou ela tomar os remédios! Trancou-se dentro do templo!

— Ela precisava de oração, não de medicação. Nem tudo a gente resolve com remédio. A menina andava doente era da alma.

— Cale a boca! Assassino!

— Graça...

Com o primeiro passo dado, Graça angustiou-se, apontando a faca pro próprio pescoço.

— Chegue nem perto!

Angustiado, Dito chegou com Lourdes. Acostumado com rompantes como aquele, sabia que não adiantava perguntar.

— Graça, sou eu.

— Chegue perto não!

— Vou não, pode ficar calma.

Em um tom de voz doce, Benedito se aproximava quase sem se perceber, com os olhos fixos nos da mulher.

Com a mão à frente, em uma oferta de paz, mas também para chamar sua atenção, chegou mais perto.

— Eles mataram a minha filha, Dito. Mataram Clarinha.

Já a menos de um braço de distância, Benedito arriscou a palma aberta, como quem pede, e já sentia o frio da lâmina nas mãos, quando um dos funcionários de Seu Beto adiantou o passo.

— Ninguém leva minha filha! — berrou Graça, enquanto riscava fundo a palma de Dito.

Aproveitando a desatenção, puxou-lhe pelo punho e afundou no braço a agulha preparada, escondida na outra palma.

***

— Tempos sombrios se avizinham, meus irmãos. As trevas andam por aí, rastejando ao nosso redor como serpentes!

Absorta, a multidão acompanhava muda a pregação do Inocente e já achavam linda aquela voz tão adulta transpassada por dentro de uma garganta de criança.

— Vão cobrar o preço, vão vir nos tentar, e a gente vai precisar andar junto, de mãos dadas, com força pra resistir!

As palavras ecoavam nas paredes das ruínas da fábrica, um templo improvisado; um lugar de qualquer jeito, como dizia o Inocente. Sem cruz, altar ou santo. Deus anda por todo canto, era o que dizia.

Bovina, a multidão estava plenamente hipnotizada. Confiante, Graça sorria para o marido. A filha doente iria se curar. Sentia no peito.

— Chegue, minha irmã. Traga sua dor aqui pra perto da minha.

Calaram-se quando Clarinha se aproximou, envergonhada.

Com um sorriso no rosto de menino, aproximou as mãos da cabeça da menina e fechou os olhos.

Foi quando Clarinha gritou.

* * *

Sentado em frente à Graça, Dito apenas a observava tomar um interminável café no único restaurante da cidade. Paciente, saberia que o silêncio era a melhor forma de alguém falar.

— Aquele condenado matou a minha filhinha, Dito.

Em resposta, o outro apenas lhe segurou a ponta dos dedos.

— Foi ele, eu sei que foi ele. A menina andava doente sim, mas ia se curar, ia melhorar. Só precisava de medicação. Depois que fez a reza, aí nunca mais. Definhou a olhos vistos, acabou em couro e em osso. Aí ele se desesperou. Trancou a menina lá na fábrica. O povo lá fora, rezando, rezando. Doentes. A culpa é minha — a voz embargou e Graça deixou as lágrimas tomarem de conta.

— Não é culpa sua, Graça.

— Essa cidade, Dito. Tu morava aqui antes. Depois que esse menino chegou, tu não notou nada diferente?

Não tinha como não notar. Ainda que sendo de interior, era muito silêncio demais. As pessoas não se cumprimentavam, andavam se arrastando pelo meio das ruas abafadas, tão amarelas quanto a poeira que sujava tudo.

Ao lado, como a suportar o falado, uma mulher enchia sua xícara de café. Cinco. Sete. Dez. Quinze colheradas de açúcar que transbordavam o líquido escuro. E mexeu.

Tlim tlim.

— É alguma coisa na reza, na reza que ele faz no povo. Mas eu vou me embora daqui, Benedito, e vou levar Clarinha comigo.

A mulher ao lado parou a colher. E, quase rápido demais, brandiu a faca de mesa e partiu pra cima de Dito. Atento, o médico afastou-se a tempo de sentir o vento rente ao nariz e a faca acabou fincada na mesa.

— Graça, venha, vamos sair daqui! — gritou Benedito, enquanto empurrava a mulher.

* * *

— A noite é essa, irmãos. A hora é agora. O mal se avizinha, a ruindade amarga! Tá doida pra espalhar seu fel dentro da gente, mas a gente não vai deixar. O nosso exército de fé precisa da força de cada um de nós. Vocês estão preparados? — perguntou a voz infantil lançando-se decidida por dentro do grito de todos.

* * *

Atento, Dito estranhou o silêncio no posto. Angustiou-se ainda mais ao entrar quando percebeu o rastro de sangue vindo da mesa de Lourdes, que cabisbaixa, sorria docemente.

O inconfundível cheiro ferroso já tomava todo o ambiente, e Dito sentia dentro do peito o coração descompassado.

— Lourdes?

— O mal, Doutor, o mal anda nos nossos calcanhares.

Dito perdeu a respiração ao perceber que a enfermeira cortava com firmes tesouradas já o seu quinto dedo.

* * *

As mãos do Inocente esquentaram ao encostar na cabeça da menina. Clarinha entendeu tarde demais o que tinha acontecido. Sentia todas as lembranças, os sentimentos, e o que restava do juízo passar pro menino, como sendo assim um pedaço de pau levado pelo rio. E percebeu, afinal, enquanto ainda tinha um resto de pensar, quem era na verdade aquele Messias.

E a última coisa que viu antes da consciência se apagar como uma lâmpada, foi o menino sorridente.

Saciado.

* * *

O freio brusco do carro subiu a poeira vermelha da tarde, em frente ao prédio de letreiro grande.

— Fique aqui, Graça, eu vou buscar a menina. Se der alguma coisa errada vá simbora! Não olhe pra trás.

Sem esperar resposta, Dito abriu a porta e correu pro hospital.

Com o corpo tremendo preparou-se pra lutar. Mas se não havia ninguém?

Atento, foi até o quarto. Deserto.

— Benedito! — ouviu Graça gritar.

Perdeu a fala na boca quando viu pela janela Graça cercada do povo da cidade, desorientados sim, mas armados de tudo quanto era troço de fazer mal.

— Fiquem calmos, estou saindo, não façam nenhuma besteira!

Minha Vó, me ajude, pelo amor de Deus.

Angustiado, Dito abriu a porta devagar e parou os olhos nos de Graça, com uma faca afiada apontada pro pescoço pelo próprio marido.

— Se arrependa, Benedito. Todo tempo é em tempo.

Mas e havia? Houve alguma vez essa Vó depois de morta?

O médico arrepiou-se quando percebeu, abrindo espaço na multidão o Inocente, de mãos dadas com Clarinha. Viva.

Graça se debateu nos braços do marido e o nó se afrouxou, à ordem do Inocente.

Correu pra cima da filha e abraçou com força, prometendo nunca mais a abandonar de novo.

— Filha, venha, a gente vai simbora daqui...

Mas antes que pudesse terminar a frase, sentiu a ponta dos dedos da menina lhe tocar as têmporas, como a se perder por dentro do juízo, até que não lhe restasse nada.

* * *

Sentado na praça, junto com os outros, Benedito andava plantado em frente à televisão. Há quanto tempo, não sabia. O corpo dolorido e dormente já não conseguia mais ficar em pé. Os olhos secos lhe ardiam enquanto a baba descia grossa na camisa branca.

No programa, o Inocente e sua esposa, também santa, juravam promessas de uma terra divina. Mágica.

— *Vô?*

O velho tinha uma aparência cansada, esgotada. Vestia o casado bordado e ainda olhava pra porta.

Neto era como se pequeno fosse, sentado na mesa da casa antiga, usando apenas o shortinho esgarçado de dormir.

Também era noite naquele sonho.

— Vô, onde o senhor está? — perguntou Neto pela boca do menino.

— Eu não tenho muito tempo, meu filho. Não tenho nada de tempo.

"Venha simbora, José Trancoso, cumprir sua parte". A voz novamente. O momento voltando como se não tivesse passado.

Do lado de fora os tiros começaram.

"José Trancoso".

— O senhor tá vivo, meu avô? Vou levar o senhor comigo.

Seu Trancoso virou a cabeça, e Neto sentiu o corpo todo enrijecer.

No lugar dos olhos, dois buracos pretos olhavam pra lugar nenhum.

Neto acordou sufocado com o padre lhe sacudindo.

— O que danado foi, rapaz? Você gritou muito. Tá gritando faz é tempo.

Desorientado, o contador de histórias tentava voltar à sua realidade enquanto limpava o suor do rosto.

Levantou-se num susto e, enquanto pegava a carta dentro do casaco pendurado, na verdade mais um bilhete, lido com honesta curiosidade por Júlio, a lembrança do que precisava lembrar-se veio forte, definitiva, sussurrada na voz do avô em sua cabeça.

Na hora certa procure o padre do povoado.

— A gente precisa ir até a fábrica. Temos um jeito de sair daqui.

* * *

A cidade se arrastava, modorrenta como um domingo eterno. Na praça, a comunidade em peso estava em frente à televisão velha, o aparelho amarrado a uma corrente e lacrada com um cadeado.

Na tela, o programa do Inocente.

A cidade afora era um deserto enquanto durasse o show.

Nas bodegas, os alimentos apodreciam. Nas lojas, as mercadorias eternas exigiam preços impensáveis há muito tempo.

Em frente ao aparelho, o rebanho roubado emagrecia a olhos vistos, já não havia interesse em alimentação ou mesmo preocupação em satisfazer os mais simples hábitos de higiene. Os que morriam eram substituídos por outros, mais jovens, até que os mais novos também cresciam e tomavam o seu lugar.

As casas, de portas abertas, esperavam o retorno dos seus donos os quais não voltariam era nunca.

Nos quintais, as carcaças dos cachorros mortos apodreciam ao leu, reunindo um mundaréu de moscas. Nas poucas gaiolas, os magros e finos ossos dos passarinhos assanhavam as poucas plumas restantes.

Mas ali havia algo diferente. O Inocente, sempre tão plácido e sereno, hoje trazia em seu semblante a sombra de uma fúria cega, que precisava ser aplacada em nome da justiça.

— Mais do que nunca é chegada a hora, meus irmãos. O mal que avizinha o nosso lar finalmente tomou as rédeas de nossa cidade. O indesejado ultrapassou os limites de nosso povoado e hoje caminhará livremente pelas nossas ruas. É preciso que seja feita alguma coisa. Hoje o nosso ser supremo testará a fé de cada um de vocês.

Em sua franca hipnose, toda a cidade assistia com atenção serena às ordens do líder.

— Esse será o nosso ano um, meus irmãos. O recomeço de toda uma era para nós. A imolação dos cordeiros! A nossa pureza será lavada com o sangue de todos aqueles que decidimos tolerar.

Sentado na fila da frente, Seu Trancoso sorria um sorriso débil, encantado pelo seu líder.

— Conseguimos atraí-lo até o nosso sagrado com a ajuda de um de nós — disse, do aparelho, olhando diretamente para o velho. — Agora, assim que ele pisar no nosso templo, protegidos que estaremos das mentiras do Deus antiquado e suas cruzes penduradas, vamos purgar os seus pecados. Deles e dos que mais tiverem ao seu lado. Quem se junta com pecador, pecador é!

* * *

Dentro de uma sacola de feira, o padre colocou apenas algumas mudas de roupas, uma lata de doce, um cacho de banana maduras. Depois escolheu uma faca grande e entregou a Neto.

— Nunca, nunca ande desarmado.

Neto quis rir enquanto guardava o objeto.

— Eu é que nunca imaginaria ouvir esse conselho de um padre.

Dessa vez foi o padre que riu.

— Armado a gente anda de qualquer coisa. Faca, palavra, fé. Eu prefiro andar com essa aqui — explicou, enquanto carregava a .38 antiga. — É velha, mas eficiente, boa pra atirar de perto.

— E já precisou usar?

— No começo mais. Hoje me deixam um pouco em paz. São bastante imprevisíveis. E você, como veio parar aqui?

Neto perdeu o olhar.

— Se eu disser que fugi do circo, pela segunda vez, tu acredita?

O padre sorriu, sem surpresa nenhuma.

— Se eu acredito? Nessa altura da minha vida eu acredito em tudo. Acho que até na carta do seu avô. Só fico triste que essas coisas também acreditam em mim. Perceber que levaram junto a minha fé. Fiz o que pude por essas bandas, vi muita gente morrer ainda vivo. Hoje se arrastam por aqui só, seguindo as ordens daquela criatura imunda. Levaram a igreja de Deus que eu tomava de conta. O demônio toma muitas formas, mas muitas vezes tá mesmo é dentro da gente.

O silêncio tomou conta do lugar.

— E esse hômi, como veio parar aqui? É daqueles que sempre tiveram vocação? Promessa de tia?

— Não, não. Eu tive outra vinda antes dessa. Bati esse mundo de fora a fora. Agrimensor. Até que caí na besteira de um dia, por conta do trabalho, acabar arrudiando essas serras.

MÁRCIO BENJAMIN

SINA

AS CABRAS

— E o senhor não se incomoda de morar aqui sozinho? — perguntou o agrimensor ao mais velho.

Aquele, em resposta, lhe sorriu os olhos fundos, como uma barragem sangrando.

— Não ando só não, Seu moço, olhe aí pra fora — disse, com uma alegria sincera.

Lá fora um longo descampado.

— Um mundaréu desse aí; planta, pedra, açude, e minhas bichinhas... Em resposta, uma das cabras baliu.

— ...ando só de onde, Seu moço?

O agrimensor estava agoniado desde que entrou. Se o carro não tivesse quebrado, talvez restasse confuso no meio daquele mar de pedra, todas iguais pra ele.

Talvez não devesse ter aceitado o convite do homem pra entrar, tomar um café, comer um cuscuz, mas teria se perdido, não teria?

E o que andava pela fala daquele senhor que o perturbava tanto?

No seu labor conheceu foi muito matuto, mas aquele ali era de uma sabedoria brilhosa, uma inteligência inata, despejada numa fala abusada, como se conhecesse cada formiga que se arrastava ali nas terras. E deveria.

Mas tinha outra coisa sim.

— Diz que aqui, lá pelo outro lado ali, em cima da pedra, de onde esses maluco se joga de vez em quando. — Falou o mais velho, apontando pra o precipício mesmo em frente — diz que ali andou até gente de outro mundo.

A agrimensor riu.

— Que era? — perguntou o mais velho, incitando — de outro mundo? O senhor vai me desculpar...

Ainda mais sério pelo sorriso mantido no rosto, o mais velho lhe segurou o braço.

— Amigo, o estudo traz tudo pra gente não. Medir terreno não faz o senhor melhor do que uma cabra dessas minhas não. Faz nada.

O agrimensor se constrangeu, mas também se arrepiou ao toque áspero do homem.

— O senhor tem razão, me desculpe. Estou cansado demais. A viagem foi de matar. A fazenda de Seu Eurico fica longe?

— De pés e pro senhor, sim. Hoje o senhor fica aqui, tem espaço. Descanse. Amanhã dou um jeito nesse carro. É mais seguro.

— Seguro? — perguntou o agrimensor. — Gente de outro mundo?

— Não, dessa vez não. Coisa bem daqui. Onça rondando. Comeu uma das cabras.

O agrimensor gelou.

— Mas hoje fico de guarda, esperando que ela venha. Tenho um presentinho pra ela — disse, apontando pra espingarda pendurada.

O outro sacudiu a cabeça, assentindo.

— Tá bem, vou descansar um pouco então.

— Uma boa noite — respondeu o mais velho.

— Nesse aperreio o senhor não me disse seu nome.

— Descanse, agrimensor.

O outro deitou-se na rede e num susto apagou.

E acordou foi num sonho de mato, cercado de bichos que nunca tinha visto no meio de uma floresta sem fim. Pelo meio das árvores, uma sombra o perseguia. Feita de olhos fundos como uma barragem, como um açude. Mas que marcava o chão com patas de bode.

Acordou num grito sufocado, banhado em suor. Levantou-se e seguiu em direção à porta pra pegar um ar, e quase se perdeu no mar de estrelas que se mostravam no céu, órfão da luz incômoda da cidade.

Sentado com a espingarda no colo, estava o mais velho.

— Me acompanha? — perguntou, estendendo o copinho de cachaça.

— Opa.

O agrimensor virou de vez o copo da cachaça, sentindo a cabeça rodar ainda mais. E se viu perdido na mata do sonho, cercado de plantas altas, de bichos que nunca tinha visto e de seres incompreensíveis.

— Danado é isso?

— E seu estudo, agrimensor, quedê? A gente é bicho, Doutor, antes de tudo somos é natureza.

Num ímpeto, o mais velho agarrou o agrimensor pelos cabelos e lhe puxou pra frente, num beijo firme. Só aí o outro entendeu o arrepio, o medo, a vontade de ficar.

No meio da mata, o mais velho arrancou a calça de brim do trabalho, o colocou de quatro, como sendo assim um bicho, e, com muita vontade, deixou que a natureza agisse.

* * *

Era cedo demais quando o agrimensor acordou deitado no chão da tapera, com a calça aberta e a cabeça latejando. Sentou-se de súbito, ainda bastante confuso e constrangido.

Lavou o rosto de qualquer jeito na lata improvisada e procurou o outro. Nada.

Juntou a bolsa com o logotipo da empresa e saiu, sentindo o sol lhe lamber a cara. Com a mão em cima do rosto, afastando a luz, viu de relance o contorno do mais velho, mexendo em seu carro. Engoliu em seco e aproximou-se.

— Tente lá — disse, enquanto limpava o suor do rosto.

O agrimensor entrou no carro, dando a partida. Sentiu o peito desapertar ao ouvir o resfolego decidido do veículo.

O mais velho arrudiou e lhe estendeu a mão.

— Silvano. Meu nome é Silvano.

— Muito obrigado. Nunca vou me esquecer da sua ajuda.

Em resposta, Silvano sorriu.

O agrimensor acelerou a caminhonete, enquanto a imagem do mais velho sumia devagar pelo retrovisor, cercado de cabras.

O agrimensor perdeu a respiração ao notar, depois de espremer os olhos, bem abaixo da cintura de Silvano, as pernas peludas e os cascos fendidos de um perfeito bode.

Maria andava agoniada. Havia algo no ar.

Ao contrário dos outros dias, acordou em estado de alerta. Sem dores ou aperreios de juízo. Apenas uma intuição que caminhava lentamente dentro de si para uma certeza. Iria embora. Ainda não sabia como, mas iria embora.

Arrumou umas mudas de roupas, alguma coisa para higiene. De comida quase não pegou, não tinha coragem de comer.

Mas a certeza da ida se desfez como ponto errado assim que ela tentou cruzar a porta.

O coração se agoniou dentro do peito e num instante a tontura tomou de conta enquanto o ar lhe faltava.

E agora, minha Virgem Santa, e agora?

Era o que perguntava enquanto segurava o terço brilhoso no pescoço.

Mas não. Ali era o jeito, ali se fazia o destino e a mulher não tinha nada mais que a prendesse por aquelas bandas. Nem aquele punhado de gente, cercada dentro do curral como sendo assim bicho.

E eram não?

Nem Tião.

Maria sabia que esse dia iria chegar, ora se não sabia.

Respirou fundo, deu uma tapa firme, de estalar, em cada lado da cara e desceu pra falar com seu marido.

Mas estancou, em pânico, no meio do caminho.

Iria estar cometendo o pior erro da sua vida, afinal.

Aquilo ali não era mais seu esposo, era nada. E desde antes da porca o pacto era esse. Nunca foram de desistir e passaram por tudo juntos. Mas também prometeram, na cama, num dia de tranquilidade, de ficarem até quando desse, até quando fossem ainda eles.

Era preciso deixar ir o que era pra ser.

Maria sabia que não tem quem possa com a natureza. Não tem quem faça a danada conter o seu rumo.

A culpa era dele não, era nada, mas a linha de Tião já tinha se encerrado fazia era tempo.

Pela janela, Maria viu pela última vez o marido de cabeça baixa, perdido, ouvindo Deus sabe como o danado do Inocente.

Não era justo.

Pegou no canto da janela a espingarda carregada.

Apontou.

"Adeus, meu Tião."

E atirou, selando o seu próprio destino.

— *Cuide, Padre, que tá vindo por aí é uma tempestade* — disse Neto.

Júlio sacudiu a cabeça.

— Tá é anoitecendo, meu amigo.

Neto ficou atônito.

— Como assim? Amanheceu foi agorinha.

— Não tente entender, aqui é um lugar diferente. E depois que o Inocente surgiu, tudo mudou ainda mais, parece que a natureza endoidou junto com o povo.

Ali, Neto percebeu. Por isso não conseguia ler as estrelas, era como se andassem pra trás.

— Você nunca tentou?

— O quê?

— Ir embora?

O padre bufou.

— Eu não tenho pra onde ir, Neto. É como disse, fiz a minha vida aqui, conhecia cada pedaço dessa terra, dessa gente. O Inocente acabou com tudo. Ainda tentei sim reagir, defender o meu rebanho, mas não se tem como fazer as coisas sozinho.

Os olhos de Neto se iluminaram.

— Mas quando Deus fecha uma porta, uma janela se abre.

— É o que se diz — o padre suspirou.

— Aqui foram abertos caminhos que resultaram em alguns atalhos. E eles podem ser danados de úteis pra gente derrotar esse excomungado.

O clérigo indicou o caminho apontando pra um fusquinha preto, estacionado nos fundos do bar.

— Taí meu bichinho. Cuido como se fosse um filho, já me ajudou muito a não endoidar.

Neto coçou o topo da cabeça.

— Entre aí, vamos dar uma volta, eu vou te explicar.

Os dois entraram no carro e seguiram pelo meio da poeira.

Realmente já andava quase anoitecendo, o vermelho do céu já tomava conta de tudo, com discrição, como uma onça pronta pra dar o bote.

No ar, aquele cheiro de agouro, coisa ruim. Neto deixou de tentar entender. Não fazia mais sentido buscar explicações.

Viu o carro ganhando distância por meio do descampado em direção à beirada da serra. Não havia sequer uma alma viva por aquelas bandas, só os pássaros se perseguiam no céu, alheios a todo aquele pandemônio.

A lua já andava alta quando chegaram na beira da garganta aberta das colinas.

— São três, as danadas. Fecham aqui a entrada da cidade — disse o padre quase pra si.

— Daqui pro outro lado, só voando — brincou Neto.

Júlio sorriu.

— Achei que a gente fosse embora — disse Neto, nervoso de novo. Tinha coisa ali.

— Vamos sim, precisamos ir, mas na hora certa. Antes, eu preciso explicar uma coisa. Melhor. Antes preciso te mostrar uma coisa. Por essas bandas, as explicações não dão muito certo.

Sem maiores delongas, Júlio deu ré no carro o mais rápido que pôde.

— Danado é, Júlio? — perguntou Neto, de olhos arregalados.

O padre engatou a primeira e saiu cantando pneu de novo, por cima do mato, em direção ao desfiladeiro.

— Que porra é essa, Júlio? Você tá louco? Me deixe sair daqui!

Neto ainda berrava quando o fusca ganhou o ar em direção ao fundo do penhasco.

SINA

LAJEDO
VERMELHO

— Mas você tá linda, minha filha. Uma princesa.

Arrumada como uma boneca de louça, a menina tentava, sem sucesso, caber dentro daquele caco de espelho segurado pela mãe.

Tomada de felicidade, e de fome, a mãe exibia num sorriso capenga a honra da escolha.

— Agora falta pouco — dizia enquanto arrumava novamente e mais uma vez o vestido branco, branco. — Já tá anoitecendo, olhe. Tá quase na hora.

O crepúsculo vinha devagar, cobrindo pouco a pouco o verde tímido do lajedo vazio.

No peito do povoado, a esperança crescia como crescem os açudes na areia, nascendo de onde antes não se tinha nada.

Tava quase na hora.

* * *

"Se arrependam!", dizia João, ditando o ritmo das palavras com a batida do cajado no chão.

— O mundo tá aí, arrudiando, arrudiando. Doido pra comer a gente como sendo assim uma onça. Um bicho!

As palavras ecoavam pra dentro da noite, pra cima daquele povo todo, que não tinha coragem quase de respirar; todos juntos, sujos, porque banho não se tinha, nem se permitia. Pra quê? Se o que se espera era bem maior? Se a promessa de um novo mundo tava ali, bem na frente deles?

— E isso quem diz, não sou eu não, sou nada... Isso quem diz é ele!

Brandindo o cordel minguado e roto, João apontava pra cada um deles.

— Sei que a gente foi enganado, foi sim. Pra que mentir? Mas Dom Sebastião me veio em sonho e me disse a verdade, me mostrou o reino que espera a gente.

Sorrindo, enfiou a mão na algibeira e tirou as pedras, que cintilavam na luz da tocha, esparramando-se pelos olhos de todos e de cada um que ouviam, que viam, atentos.

Satisfeita, a multidão murmurava como quem reza, aninhando no peito a certeza da vida eterna em um paraíso vivo, real, onde tinha terra e comida pra todo mundo.

— Mas pra essa terra, meu lajedo, vai todo mundo não.

O silêncio tomou conta.

— Essa terra não é pra gente sem fibra, com medo de seguir os ensinamentos do livro. Essa terra é pra quem merece!

A multidão, magra, respirava pesado, enganando o bucho vazio com uns talos de macaxeira velha e muitos goles de caldo de jurema.

— E o que se pede é muito pouco, é quase nada. E quem não quer ser uma sementinha dessa árvore? Quem não quer ser um talinho dessa raiz?

O murmúrio aumentou até se tornar um estrondoso rumor, como o barulho das ondas arrebentando à beira-mar.

— Dom Sebastião! — disse João, apontando o cajado pras duas pedras, enormes, e quase gêmeas, que se erguiam impávidas, tal qual colunas daquela catedral de qualquer jeito.

O gesto surpreendeu a multidão, que não conseguiu compreender. Tomadas por um fervor incontido, muitas mulheres desmaiaram.

— Fé! Fé é que se pede. Fé pra dar de comer às nossas almas e pra aplacar a ira em nosso coração. Dom Sebastião veio em sonho pra mim e me revelou! Nosso Rei, que nem Deus conseguiu levar, encantou-se. Encantou-se dentro dessas pedras!

As palavras de João queimaram como cachaça em fogueira nos ouvidos da multidão. Completamente tomadas, as pessoas já não sabiam lidar com a felicidade logo ali, depois de tantos anos de sofrimento.

Encantadas também, se jogavam ao chão, puxavam os poucos cabelos, se beijavam e se agrediam, em pleno fervor.

— Em troca, o que pede é fé. É dar o que recebeu. É dar vida. Pra trazer vida — gritava João, tentando se fazer ouvir em meio aos berros já ensurdecedores. — Vocês têm fé?

Sim! Tinham. Sim. Queriam. Mereciam. O que fosse necessário, o que se pedisse, o que se quisesse. Nunca mais fome, nunca mais doença, nunca mais.

Sim.

* * *

— Capitão?

Dentro da delegacia, o Capitão já andava pra lá e pra cá, estalando a chibata nas botas lustrosas. Estancou, afinal, ao ouvir o relincho e o tropel dos cavalos.

— Tá tudo pronto?

Não se precisou de resposta, logo a tropa partiu por dentro da noite do sertão.

* * *

O coração da menina sacudia aos trancos dentro do peito mirrado. Ainda que arrumada e banhada, angustiou-se ao ouvir, já próxima, os berros ao redor das pedras grandes, e ver, as pessoas como loucas, gritando, se jogando ao chão.

— Mãe...

— Tenha calma, menina.

— Tô com medo, mãe.

A menina travou os passos pequenos. Em resposta, a mãe arrochou a mão.

— Venha simbora!

Vocês têm fé?

— Mãe!

— Cale a boca!

— João! — sorriu a mulher, mostrando a menina como uma caça.

— Taqui a menina!

Sorridente, João abriu os braços.

A multidão se calou.

* * *

Em desembestada carreira, os cavalos castigavam o chão duro do sertão. As pedras e os espinhos iam sendo trituradas pelas patas decididas enquanto a nuvem de poeira se estendia célere, como quem pudesse segurar o tempo com as mãos.

* * *

— Lajedo! Para trazer vida, é preciso dar vida. E essa Inocente veio dizer isso pra gente hoje.

Desesperada, a menina tentava se livrar da mão firme de João enquanto sentia o mijo quente descer por entre as pernas finas.

— Nosso Rei me veio em sonho, indicou a palavra, me mostrou as riquezas de nosso novo mundo e pediu um nada. Um restinho de nada comparado com o que ele vai nos oferecer. De dentro da pedra ele clama, encantado na pedra ele quer nos dar de um tudo. Só é preciso vida.

Do cinto entrelaçado, João brande o punhal enferrujado.

— Salve Dom Sebastião! — grita a mãe.

Salve

* * *

— Tropa, avante! Já andam ali as pedras, tamos quase. Corram, seus filhos de uma égua. Rá! Espora! — berrou o Capitão sem conseguir esconder a angústia.

* * *

O punhal desceu com firmeza, mas acertou o vento frio, porque a menina não parava de se debater.

— Do Carmo, segure!

Mas não houve tempo, porque o instinto falou mais alto e ali não se tinha mais mulher ou menina, promessa ou fé, só alguém tentando sobreviver, e a pequena, sem pensar, só sentindo; bicho, que também era, mordeu com força a mão que lhe segurava e correu pra dentro da noite como quem tem mais do que duas pernas. João não se deu por vencido.

— Cadê a fé? Com nosso futuro tão perto, vocês preferem se esconder? Cobardes! Cobardes!

Ao ver a promessa espedaçar-se bem diante de seus olhos, a mãe da menina, reuniu o que ainda tinha de forças. Não se entregaria.

— Salve Dom Sebastião!

E em um movimento ágil, tomou o punhal das mãos de João e rasgou a própria garganta, tentando, sem sucesso, aparar com as mãos o sangue que se desmanchava em cachoeira por cima do corpo, até cair, sem vida.

* * *

— Adalberto, arrudeie por lá. Souza, você vai por trás. Os outros, comigo! Bora! — gritou o Capitão, aos pés da serra.

* * *

A promessa cumprida da mulher espalhou-se pelos demais. Uns tantos correram, aos gritos de salve, e buscaram nos despenhadeiros do lajedo, o futuro prometido. Outros, cegos de fé, tentaram oferecer ao rei os parentes e esposas. Muitos devoraram a si próprios e gastaram o coro nas pedras pontiagudas da catedral, estimuladas pelas palavras de João. Dom Sebastião viria.

* * *

— Pare, seu caba! — berrou o Capitão de arma em punho.

Cercado, João ajoelhou-se, impavidamente. Mas já não havia tempo, o lajedo era um banho de sangue, com uma multidão debatendo-se no chão lavado e aos pés da serra, montes de fiéis que, cegos, buscaram o seu próprio paraíso.

— Salve Dom Sebastião! — gritou uma última vez João, antes de tentar alcançar o punhal, largado aos pés.

E ser atingido por um tiro do Capitão, bem no meio da testa.

* * *

Já cansada de andar, a menina viu o dia amanhecer como quem pede desculpas. Mas a esperança lhe era maior.

Sentiu o coração esquentar ao perceber, ao longe, a torre de uma pequena igreja.

Cheia de vida, juntou o que tinha de força e correu, e correu.

Em um instante chegou na porta do templo, recém-pintado.

E não conseguiu segurar o riso de pura felicidade quando notou que andava cheia de tanta gente.

Esqueceu-se do encabulamento ao ver todos os olhos nos seus.

Tanta gente bem vestida. Todos de branco, como ela.

O mais velho, no meio do salão, lhe abriu os braços, e sem pensar, a menina correu pra dentro deles.

— Eis o cordeiro de Deus! — disse o homem aos demais. — Que tira o pecado do mundo!

— Salve Dom Sebastião — responderam todos.

Clarinha sofria pra manter o sorriso congelado no rosto enquanto o Inocente destilava o seu ódio. Aguardou com cuidado ele se calar e providenciou a bacia com água quente para os seus pés.

Como sempre, ajoelhou-se diante do menino, retirou-lhe os sapatos pequenos e lhe afundou os pés frios.

— Tá muito quente? — murmurou a mulher.

O Inocente nada respondeu. Andava com a cabeça solta no mundo. Precisava cuidar do seu rebanho. Ninguém sabia do que o forasteiro era capaz!

A sua vinda lhe tinha sido confirmada em profecia desde quando foram buscar o seu avô. A troca, ofertada em desespero pelo velho no meio do caminho. A alma dele pela de Neto quando fosse chegada a hora. E que não se preocupasse, disseram as irmãs, a ovelha perdida viria pra si no momento oportuno. Por vontade própria iria cruzar os portões. Quando chegasse a hora, as três fariam a sua parte.

O resto era com ele, sabia. Instigados, os fiéis iriam tornar em ato as suas ordens, como sempre aconteceu.

— Tá não — respondeu afinal, com um sorriso enigmático beirando o rosto curto.

Em estudada submissão, Clarinha lhe posicionou os calcanhares nos seus próprios joelhos enquanto os enxugava com a toalha bordada, deitada no ombro.

— Se preocupe não, meu filho. As coisas hão de se ajeitar de novo por essas bandas.

Clarinha disse aquilo mais pra si na verdade, quando se lembrou, da primeira vez que teve contato com o menino.

* * *

Acordou naquele primeiro dia sufocada, perdida, presa num túnel de metal que mal lhe dava espaço pra respirar.

O gelado nas costas e nas pontas dos dedos lhe queimava o juízo até que sentiu o seu corpo todo sendo puxado, trazido junto com a gaveta em que estava deitada.

Viu-se cercada de gente, mas não reconheceu de pronto o lugar.

Devagarinho, percebeu a sala nova do postinho da comunidade, pronta pra receber defunto da região. E tremeu.

Sacudiu-se de cima da gaveta aberta e quase caiu, surpreendendo a todos que a estavam cercando.

Num rompante se viu nua, e por instinto agachou-se, tentando sem sucesso cobrir as partes postas à disposição dos homens ávidos.

— Saiam, saiam todos! — disse a voz bastante jovem.

Todos os outros sumiram, deixando-se ver apenas o menino.

— Você foi trazida de volta, Clarinha. A sua missão conosco é muito bonita. Deixe o seu destino ser trilhado.

O Inocente aproximou-se da moça, a ponto dela conseguir distinguir as cores em seus olhos.

E no momento que os pequenos dedos lhe tocaram as têmporas, ela se perdeu.

Rapidamente, as suas memórias foram se esvaindo em direção ao outro, ela sabia.

Em seu olhar ela notou que ele sabia, afinal.

E tomou pra si todas as lembranças, até que a menina fosse um casulo oco, feito apenas de obediência.

Quanto tempo de devoção cega ao Inocente ela não soube. Mas nem por culpa dela, verdade seja dita. Foi uma era em que esteve perdida, sem existir, sem resistir. Apenas obedecendo as ordens do líder, do salvador.

Até que em uma certa feita, no meio de um dos tantos sorrisos largos e sem sentimento, o toque da mão do menino lhe renasceu no cérebro um outro tato. Mais intenso, amoroso, único.

O contato com as mãos de sua mãe.

E como se andasse represada, a memória despejou-se totalmente, inteira. Assim, ela se recordou de todo o acontecido, de como fora retirada de perto de sua família, de sua mãe.

Reconheceu em cada um dos componentes do rebanho cego os moradores da comunidade. A sua vida inteira de pessoas vivas, agora perdidas, roubadas de seu juízo em nome de uma devoção socada goela abaixo.

Antes que pudesse reagir, um pensamento lhe sussurrou o juízo, uma certeza firme de que precisaria represar seu ódio, adiar sua vingança; calar-se para agir no momento certo.

Mesmo sem ter certeza de que o Inocente não saberia, já que tinha, ou teve, as suas memórias, precisaria arriscar. Era a sua única chance.

Clarinha deu um pulo ao notar os olhos do menino em cima de si. Engolindo o medo, procurando disfarçar os seus planos por entre a vista arregalada, abriu a blusa suja com uma mão, tentando aparentar normalidade.

Com a outra chamou o Inocente, que, num gesto repetido tantas vezes, abocanhou com avidez o mamilo grande e escuro enquanto fechava os olhos.

"Sua hora vai chegar, condenado", disse a moça, dentro da sua própria cabeça.

"E quando acontecer, eu vou estar lá, pode ter certeza."

Neto não teve o que dizer, aquilo ali era demais mesmo pra ele.

— Que danado aconteceu, Júlio, onde foi que a gente tava? — perguntou, aos berros, já de volta ao pé da falésia, como se nunca tivesse saído.

— A gente foi pra uma outra época, Neto. Explicando de forma que a gente entenda, fomos pra um tempo de antes, mas que ainda tá rondando por essas bandas daqui.

Neto ia perguntar como era o possível. Mas a língua parou, confusa, dentro da boca dentre tantos outros questionamentos adivinhados pelo padre.

— O tempo aqui não existe, meu amigo. O tempo que a gente conhece hoje, ele não existe. Na verdade, ele é como sendo assim, uma fazenda de fazer vestido. Único, inteiro, que pode ser dobrado em quantas partes forem necessárias. E pra atravessar de uma pra outra, só se precisa de uma agulha.

— O fusca! — entendeu Neto.

— Se é bem assim não sei. Como isso acontece, pior, mas taí, o que você mesmo viu. Essa história que a gente acompanhou, ela se passou por essas bandas mesmo. E o Inocente...

— O que tem ele?

— Ele já estava nessa história, na verdade nunca deixou de estar. Não da forma que ele se apresenta hoje, mas de outro jeito. Sempre essa criatura odiosa, pronta pra estimular o pior nas pessoas em cada desculpa de salvação.

Júlio pegou Neto pelo ombro e o olhou bem dentro dos olhos.

— Esse condenado é o mal, Neto. Um mal primeiro, que nasceu bem junto à criação do primeiro bem. Desde então, anda junto dele, tentando lhe roubar o espaço. E hoje, eu devo dizer, anda conseguindo.

— E como danado você ficou sabendo disso?

Júlio calou-se, abriu a boca algumas vezes, fechou os lábios. Depois começou a responder.

— Eu não me orgulho de uma série de coisas que eu fiz, Neto. E essa foi uma delas. Esse mal conseguiu por muito tempo fazer parte de mim. Tomado dele, eu fiz uma coisa que eu desejo não repetir nunca. Eu joguei o carro. Acelerei pra dentro da garganta do lajedo, pra tentar calar aquela escuridão que me tomava por dentro.

Neto ficou sem o que dizer.

— Muita coisa foi vista nesse passado, meu amigo, o passado que é parte integrante desse futuro que a gente está preste a construir. Eu ainda não sei como, mas sinto que a gente anda a poucas léguas de derrotar de vez esse demônio. E que você pode ser a chave de tudo.

— Eu?

— As coisas não acontecem por acaso, Neto. Anda tudo costurado na tapeçaria do tempo. A gente que vez por outra pode ajudar, como fez seu avô bordando o Sino de Salomão no casaco.

— Então temos sim uma chance, Júlio. Não podemos perder tempo. Você precisa me levar até a fábrica. Agora.

Já arrepiada de frio, Maria repuxava o que podia da blusa rota, tentando equilibrar num ombro a espingarda e no outro a sacola com os poucos troços.

Em cima, a lua grande espalhava a sua luz como um tosco acalanto pra Maria e um presente de despedida para Tião.

Mas a idade cobrou o seu alto preço e o ombro da espingarda começou a doer.

Foi parando e a mulher começou a sentir aquele verme da descrença a lhe corroer o juízo.

Fazia quantos anos que não saía de casa? E se andasse mesmo todo mundo doido?

Maria parou pra descansar um pouco. Jogou a bolsa no chão e sentiu a luz da lua, refletida no cano da espingarda, lhe incandiar a vista.

Com Tião não foi difícil.

E iria pra onde, afinal, sem ninguém mais na cidade? Há quanto tempo não deixava a sua casa? E se não tivesse realmente pra onde ir?

Era melhor, decidiu. Era melhor.

A mulher, sem pensar mais, posicionou o cano embaixo do queixo com dificuldade, enganchou o dedo do gatilho, sentindo o suor lhe molhar o peito ofegante.

E viu.

No mato um par de olhos amarelados a lhe espiar.

Os pelos da nuca se eriçaram e a espingarda mudou o foco em segundos.

— Quem tá aí? Ande, se mostre! — disse, com o máximo de firmeza que conseguia.

Mas não havia, do outro lado, qualquer indício de ameaça.

Na verdade, havia naqueles olhos um urgente pedido de socorro.

Com o instinto materno lhe saltando o coração, Maria aproximou-se do mato eriçado.

Afastou as folhas grossas com dificuldade e identificou no meio delas uma criança, uma menina magrinha, nua, com um talho a lhe rasgar as costas de fora a fora.

Rapidamente, Maria buscou o que tinha mais próximo de remédio na bolsa e aplicou.

A menina aperreou-se no início, tentou fugir, mas ao toque da mulher, entendeu que seria ajudada e se deixou tratar, ainda que seus olhos não deixassem os de Maria.

— Pronto, fiz o que deu — disse, finalizando da forma que pôde o curativo improvisado. — Como é seu nome, menina? Cadê a sua mãe, a sua família? Quem fez isso com você, pelas caridade?

— O povo me chama de Nininha, moça. E foi o padre. Quem fez isso comigo foi o padre.

Apesar de sentir a esperança lhe crescendo no peito como uma brasa de fogueira, o padre ainda não conseguia se convencer.

— E você vai se danar pra perto desse povo assim, Neto? Eles estão loucos, rapaz! Você não viu o que eu vi. Não sabe do que eles são capazes — disse Júlio.

— E qual a outra opção? — perguntou de volta o contador de histórias.

— Sumir daqui de vez.

— E ir pra onde? Se jogar no precipício pra desaparecer dentro de um tempo qualquer?

Júlio batia os dedos no painel do fusca.

— Tem umas peças aí na mala, saindo da cidade a gente pode ver o que conseguimos fazer pela sua caminhonete. Se não der certo, deixamos lá mesmo e seguimos viagem no fusca — disse o padre.

— Pra onde, Júlio? — perguntou Neto.

— Pra bem longe desse inferno — o padre disse.

Neto sacudiu a cabeça, irritado.

— Você leu a carta, Júlio! Como ele poderia te conhecer?

Júlio emudeceu, sem resposta.

— Acho que o meu avô confiou foi demais em você, isso sim! — disse Neto.

O padre irritou-se.

— Você por acaso disse pro seu avô que eu salvei a sua vida?

Neto calou-se, constrangido. O padre golpeou o painel.

— Puta que pariu.

— Desculpe, Júlio, eu não queria...

— Não é isso, porra.

— E o que foi?

— As irmãs. Só elas permitem a entrada.

— Sim, gostaram da minha história.

Júlio riu.

— Não, Neto. Elas não gostaram da sua história, elas queriam você aqui dentro, é tudo parte de um grande plano.

— Como assim?

— A entrada é um portal, como disse. O tempo é uno, mas é feito de conexões, ele pode se abrir em qualquer lugar e atrai quem lhe interessa, como uma planta carnívora.

— Ou uma arapuca.

— Ou uma arapuca de passarinho! — disse Júlio. — Você foi pego porque elas quiseram, Neto. Elas quiseram você aqui dentro.

— E o que isso tem a ver com nossa fuga?

— As irmãs, Neto, elas não só decidem quem entra, mas também decidem quem sai. E elas não vão deixar a gente sair.

— *Você tá com fome, menina?*

Nininha fez que sim com a cabeça.

Maria abriu um depósito com uns restos de carne e deu à pequena que devorou com pressa.

— Eita, peste, calma que senão você se engasga. Fazia quanto tempo que você não comia?

— Ia comer ontem, mas não comi — disse, lambendo a tampa oleosa.

— E seus pais, onde estão? Você não me respondeu.

— Tenho pai não, Dona. Ando por aí.

Maria suspirou. Lá vinha a danada da sensação novamente.

— Eu tô indo embora da cidade. Aqui não é mais seguro pra ninguém. E tu vai comigo.

Embaixo da lua, Nininha sorriu, já exibindo a ponta dos caninos proeminentes.

— *Então vai ser assim. A gente se bandeia pro lado da fábrica, entra, você pega o que precisa e a gente tenta passar de volta.*

Neto fez que sim com a cabeça.

— Taqui a sua arma, rapaz. Atire em qualquer coisa que se mexer, e é como eu disse, não confie em seu ninguém. E também não se iluda, eles são idiotas, mas são muitos e a sua força tá justamente na união.

— Sim, eu sei. Eu lembro das histórias.

Júlio estancou.

— Não são histórias, Neto, não mais. Aqui não existem mais histórias, aqui é tudo real, tudo verdade, e essa verdade pode facilmente te matar. Pode matar a gente num susto. Tu sabe atirar?

— Sei fazer de tudo, Padre.

— Não precisa me chamar de padre, eu não sou mais padre.

Neto calou-se.

— E onde está o que você precisa buscar?

— Na fábrica, eu já disse.

— Sim, mas em que lugar? Guardado por alguém?

Neto agoniou-se.

— Olhe, Júlio, você me desculpe. Mas é que eu já falei até demais. Pelo que eu conheci do meu avô, eu já falei demais. Você mesmo me disse: as histórias aqui são reais. Pode ser até que nem tenha mais nada lá quando eu cav... digo, procurar.

Júlio sorriu, compreendendo.

— A gente tá é perdendo tempo, conversando miolo de pote aqui. Vamos simbora, buscar a nossa chave pra ir pra bem longe desse lugar — disse, dando a partida no fusca em direção à fábrica abandonada.

Pé ante pé, só se ouvia os passos firmes das duas por dentro da vegetação baixa.

Aqui e acolá, um pio de coruja rasgava o silêncio da noite iluminada.

Maria a frente, levando Nininha pelo pulso.

A menina respirava pesado, a baba já molhando o vestido de qualquer jeito, feito com a camisa grande emprestada de Maria.

— Nininha, você tá bem?

A senhora arrepiou-se ao perceber, atrás de si, a camisa deserta, jogada no chão, sendo levada pelo vendo. E nos seus dedos, nada mais do pulso da menina.

— Nininha? — perguntou, assustada.

O ruído firme tomou a noite enluarada e Maria não teve tempo de pensar. Jogou no chão a sacola e correu de espingarda na mão, pra dentro do canavial próximo.

Escondida do jeito que podia dentro das canas, Maria tentava respirar. Mas não poderia parar, podia?

Estava sendo perseguida.

E a menina? O monstro teria dado cabo da criança?

Pobre coitada.

Com o máximo de delicadeza, segurou perto do peito a arma engatilhada. E tentou adivinhar por dentro das plantas verdes qualquer sombra que fosse.

De bicho ou de gente.

— Nininha? — sussurrou — Nininha, cadê você?

Em resposta, um grunhido de gelar os ossos e um uivo alto, firme, fizeram presença por dentro da vegetação cerrada.

Maria não tinha como saber. Era vivida, de fibra, tinha permanecido firme enquanto toda a sua cidade perecia, mas ali não tinha como. Pela primeira vez na vida, teve medo de morrer.

Decidida, sacudiu pra fora do juízo aqueles pensamentos inúteis e correu, pra qualquer lugar, pra longe, pra fora do labirinto que era aquela ruma de mato.

E correu até que encontrou uns pedaços de clareira.

Nem deu tempo de respirar.

Novamente, o uivo.

Agora mais próximo. Bem dizer ao lado.

Ou em frente?

Estava sendo caçada, meu Deus, como se fosse um bicho.

Aquilo era castigo de Deus, de Nossa Senhora.

Sentiu fundo no peito a culpa de ter matado o marido, de ter desistido de morrer junto dele, como um capitão que afunda com seu navio.

Mas antes de desistir, afogada em pena de si mesma, enxugou as lágrimas e decidiu lutar.

Se lhe restava pouco tempo, ia morrer na peleja. Como sempre fez.

— Venha simbora, condenado. Cuide pra conhecer a sua morte! — disse a mulher, atirando pra cima.

E bem ali se arrependeu mais uma vez. Nem tanto pelo demônio vivo, em frente a si, mas pela metade dele. As patas traseiras de porca.

— É ela, meu Deus. O demônio que vai me levar de uma vez por todas para o Inferno.

— Eu posso ficar, Tião — disse Trancoso.

— Não, Seu Trancoso. A gente sabia que ela ia voltar não importa pra onde a gente fosse. Veio cumprir sua sina.

De olhos arregalados, Neto nem respirava, observando a despedida de cima do cavalo velho.

— Sinto muito que o menino tenha visto essa condenada, mas agora já é tarde. Eu e Maria estamos aqui e vamos encarar de frente o nosso destino, de uma vez por todas.

Zé Trancoso fez que sim com a cabeça e respeitou a decisão. Do destino, sabia, ninguém foge.

— Vá com Deus, meu amigo, e muito obrigado por tudo! Suas histórias fizeram ontem a alegria desse povo, coisa que ninguém aqui vê faz tempo.

Tião e Maria viram com um aperto no peito o contador de histórias indo embora da fazenda.

Logo mais os trabalhadores também tomaram o seu rumo, alguns foram pra suas casas e outros, pra outras fazendas.

Dona Otília, maninha e solitária, como sempre insistiu em ficar.

— Otília, cuide, vá simbora descansar que você tá dormindo em pé — disse Maria, lhe tirando a xícara das mãos.

— Que nada, cumade, tava só descansando a vista.

— Vá descansar, amanhã a gente continua. Se deite no quarto grande.

Maria ainda pensou em dizer que a velha não abrisse a porta por nada, mas seria pior. Dada a curiosidade, era a primeira coisa que ela faria.

Assim que a amiga se deitou, checou se ela estava dormindo mesmo. Tendo confirmado, trancou a porta pelo lado de fora e pôs a chave no bolso.

O sopro da noite vazia já lhe arrepiava os braços fortes. Não entendia como as pessoas abriam mão do calor do sertão pra ficar passando aquele aperreio que era o frio.

Do alpendre, Maria já conseguia identificar a figura altiva de Tião com a espingarda na mão.

Aproximou-se, já em oração.

— Tião? Algum rastro?

— Nada, ainda nada. Soltei os cachorros, mas não farejaram nada. Não me admira. Essa condenada não é desse mundo. Assombração não deve ter cheiro.

— Eu pensei que a missa ia dar jeito.

— Eu também. Mas talvez os pecados da gente sejam maiores, nunca se sabe.

Maria lhe deu a mão e rezou em silêncio.

"... bem-aventurado Arcanjo São Miguel, que vencestes em batalha o negro dragão, príncipe das trevas, chefe dos espíritos rebelados contra Deus...

— ...vinde em meu auxílio! — disse Maria, derrubada pela demônia, cercada que estava pela vegetação alta.

No meio da noite grande, o fusca corria solto bufando por dentro do canavial.

— Tem certeza de que esse é o melhor caminho, Júlio?

— É o menos ruim, Neto, não existe caminho melhor por essas bandas de cá.

— E a gasolina?

— O tanque tá na peinha, mas tem um galão cheio pegado emprestado do posto aí na mala. Que Deus me perdoe.

Foi quando o grito correu solto por dentro dos ouvidos de ambos.

— É a condenada de novo, Júlio!

— Ela deve tá no seu rastro, ah, mas de hoje essa peste não passa! Passa nada!

Com firmeza, Júlio dobrou o volante em direção ao som, voando por cima da estrada de terra.

Experiente que era, só parou perto da clareira.

— Abra o porta-luva, me dê a faca de prata grande e fique com o isqueiro.

— Pra que esse isqueiro?

— Eu explico, venha simbora!

Correram em direção à clareira e viram o bicho, o mesmo que tentou matar Neto. Estava em cima de uma senhora, já a ponto de devorá-la.

A coisa sentiu o cheiro de Neto e mudou num pulo seu foco.

Sem tirar os olhos do animal, Júlio puxou do bolso um amuleto com um pingente do Sino de Salomão e colocou no pescoço.

— Não é de palha benta, mas ajuda. Atire!

E Neto atirou. Bem na perna.

Instigado, o bicho partiu pra cima dele, mas Júlio colocou-se na frente, iniciando uma feroz disputa, daquelas com duas pessoas que não tem medo de morrer.

A senhora levantou-se e como se não tivesse sido derrubada ao chão, apontou a espingarda que trazia consigo. Atirou. Mas os dois se moviam depressa e a bala só raspou o couro do bicho.

Bem no meio de todo aquele aperreio, voou no ar, como sendo uma assombração, um manto alvo.

Perdido, Neto ficou olhando sem entender, até que foi acordado por Júlio.

— Toque fogo, Neto, toque fogo agora!

E Neto lembrou-se não só do isqueiro na mão, mas também do dito do avô.

"Pra lobisomem, nada de bala, ateie fogo à roupa".

Num susto, pulou em cima do tecido e tentou acender o isqueiro. Mas o vento...

Tec.

— Agora, Neto! — berrou em desespero o padre.

Uivando a sua vitória, o bicho já raspava os dentes na garganta do homem.

"Se assim for a vontade de Deus, que se faça esse caráio!", pensou Júlio.

Foi quando o fogo pegou na blusa e o brilho espalhou-se por dentro da escuridão, rivalizando com a luz da lua grande.

E o bicho se refez menina, bem ali na frente de todo mundo, como se fosse alguém assim, redimido de todos os seus pecados.

Deitada no chão de areia, a criança, nua mas ainda viva, suspirava pesado.

Graças a Neto, estava livre do seu fardo, afinal.

Maria aproximou-se, já com outra blusa em punho e colocou em cima dela.

— Pronto... acabou-se a roupa que eu trouxe — disse, divertida.

E de repente, calou-se quando percebeu o rapaz, ofegante, vestido com o casaco de José Trancoso.

— E como foi a vida no circo, Neto? — perguntou, com a voz embargada.

De olhos arregalados, Neto foi transportado para muitos anos antes e quase sentiu o cheiro do colo de Maria novamente.

— Meu Deus do céu, Maria!

E o abraço foi um grande alento de paz no meio de tanto aperreio.

— Bom saber que você tá bem!

— Estou vivo, Maria, é o que importa. E Tião?

Maria sacudiu a cabeça, negativamente, sentindo a culpa já lhe perturbar o estômago.

— E meu avô, Maria, você tem notícia do meu avô?

— Não, Neto. Eu estava a tempos presa em casa, longe que só, tentando ficar afastada da loucura que se tornou essa cidade. E tinha dado certo. Até agora.

— Agora precisamos ir, meu povo, no caminho a gente conversa. A senhora vai com a gente, Maria — disse Júlio.

— Vou não o quê? Aqui nessa cidade é que eu não fico mais. — Respondeu a mulher, com sinceridade.

Sentada, Nininha ensaiou algo parecido com umas desculpas.

— Não diga nada, menina, descanse — falou Neto.

— Eu machuquei você? — ela perguntou, com os olhos marejados.

Júlio sorriu.

— Você precisa comer muito feijão pra me machucar — respondeu enquanto rezava para que os outros não notassem o arranhão que já lhe pingava sangue novo do cotovelo.

* * *

— Eles estão próximos — disse o Inocente enquanto alisava a cabeça grande da rasga-mortalha empoleirada em sua janela.

Clarinha interrompeu o bordado. Entendia que seria melhor não discutir, mas disse, angustiada: — Eu estou com medo.

O Inocente irritou-se.

— Medo, mulher? Medo é o sumo dos covardes, dos inúteis. Do medo se fez o primeiro pecador. Temos o nosso Deus ao nosso lado na batalha, é o que importa.

— Mas como ele conseguiu entrar?

— As irmãs devem ter concedido, nem elas podem lutar contra o destino. Se houve a permissão e ele conseguiu entrar, era o que estava escrito. Agora venha comigo, precisamos tomar o nosso lugar.

* * *

Dentro do carro, o silêncio imperava. O plano de fuga fora passado em lampejos para Maria, que concordou de pronto.

— E você fica no carro, Nininha, se tranca aqui e só abre pra gente, tá bom? Se tudo der errado, você não abre pra ninguém mais. Deixa o galo cantar e vai simbora, ganhe o mundo — disse Neto. — Entendeu?

A menina fez que sim com a cabeça.

— E não deixe aquele condenado encostar em você, viu? — Falou Maria. — Não deixe ninguém encostar em você!

A menina sorriu.

Não demorou nada para que chegassem em frente à fábrica abandonada, que andava escura. Apenas a luz acanhada do poste em frente servia pra alguma coisa.

Júlio parou, deixando a arma acessível sobre o painel.

— Abra os olhos, meu amigo, fique atento. E não confie em ninguém.

Nervoso, Neto apenas conseguia assentir com a cabeça.

Maria não se conformava.

— Fico sem acreditar no que foi feito dessa cidade. Esse excomungado veio devagarinho. Começou pregando nos bares, na porta do cabaré. O povo ficava besta. Uma criança. Mas eu não. Eu nunca.

Encostada na bancada da lanchonete, Maria mastigava o resto do pastel de queijo enquanto tomava os últimos goles do caldo de cana.

Um homem encostou-se ao seu lado de cara feia.

— Desça um caldo de cana aí, Seu Palhano, que hoje eu tô pra matar um!

Maria sorriu.

— Danado de raiva é essa, Biu?

O homem assustou-se com a fala da mulher.

— Desculpe, Maria, só vi você agora. Tô com a cabeça meio doida hoje.

— E Dona Da Luz?

— Daquele jeito ainda.

— E essa raiva toda, homem de Deus, vem de onde?

Biu respirou quase em agradecimento, estava com vontade de falar.

— Esse peste desse Dito, rapaz! O cara é aqui filho da terra e volta com umas invenção de mato, de grama. Você viu o jeito que Da Luz tá, Maria, tu acha que aquilo vai resolver com mato? Ele foi lá em casa sem eu saber, ficou de conversa com minha mulher, foi simbora e deixou uma ruma de planta, como ela fosse um bicho! Um bicho! Vou na Prefeitura tentar conseguir o remédio dela.

Maria calou-se. Sabia que do jeito que o homem tava, não adiantava discutir.

Ao fundo, bem no meio da feita, se sobressaía a voz de uma criança, que falava de libertação, de paz, de uma nova vida. Aquilo incomodou Maria. Não o discurso, mas quem o estava dizendo. Alguma coisa não fazia sentido.

— Isso sim é um abençoado — disse Biu, mais tranquilo.

— É. Já escutei falar. — Falou a mulher, cruzando os braços, desconfiada.

— *Desde que chegou as coisas andam mudando por aqui. Cada vez junta mais gente. Diz que anda com umas reuniões lá na fábrica, de noite. Tem gente sendo curada. Dia desses eu levo Das Dores. Não sei mais o que fazer.*

Ao fundo, Seu Palhano ouvia mesmerizado a conversa do Inocente. Um fio de baba lhe escorria pela boca mole.

— *Seu Palhano, tire aqui o meu e o de Biu — disse Maria.*

— *Precisa não, Dona Maria.*

— *Sem conversa. Mande um abraço pra Das Dores, logo tudo vai se ajeitar.*

— *Vai sim! — respondeu Biu, olhando pra o Inocente do outro lado da rua.*

— *Seu Palhano? Acorde, rapaz! — insistia a mulher.*

Todos no carro se calaram, um medo frio a lhes percorrer a espinha. Uma insegurança sem fim. E se não tivesse jeito, afinal? Será que não era melhor se entregar? Esquecer, sumir de vez.

Descansar.

— Não, Maria, isso não. — falou Neto, lhe adivinhando o pensamento. — Você nunca foi mulher de desistir, não será agora. E eu pior.

Foi num segundo de nada que Neto abriu a porta do carro, já de arma na mão e se bandeou pra dentro da fábrica silenciosa, refazendo em sua cabeça as orientações dadas pelo avô.

"... sete passos da porta, depois sete palmos do chão até a parede esquerda..."

Júlio ainda tentou segurar o contador de histórias pelo casaco, mas ele era jovem, precipitado como a maioria daqueles da sua idade. Tudo que conseguiu o padre foi arrancar o pedaço de um dos bordados enquanto via o outro se esgueirar com rapidez pra dentro da fábrica.

— Neto, não! Volte! — sussurrou o padre. — Volte agora, atentado!

Mas Neto não escutou, continuou em direção à fábrica, pé ante pé como quem rouba, guiado apenas pelo sonho com o avô.

Era uma inexplicável noite alta, e um silêncio ainda mais confuso tomava a todo o ar denso como um pesadelo.

A arma na mão lhe pesava uma tonelada, o suor que escorria dos dedos dificultava ainda mais segurá-la. Era bom no gatilho, acertava passarinho no ar, mas em gente? Teria coragem de usar?

Quando fosse o jeito, sim, concluiu; pra salvar o seu avô, sim. E se ele ainda estivesse vivo? E se ele andasse com essa gente? Seu avô era um homem inteligente, vivido, como ele foi cair nas histórias desse Inocente? De uma criança, bem dizer?

Neto apertou os olhos e tentou lembrar-se do objetivo. Era a única coisa, no meio do aperreio. Mais uma vez, colocou os pés antes das mãos e não traçou qualquer plano. Era chegar na fábrica, buscar o tesouro revelado e atirar em quem precisasse. E buscar o seu avô, claro. Se...

Um ruído no mato.

Um estalado velho por cima da árvore.

Por entre os galhos, os olhos da coruja branca miravam os seus.

— Arrede, condenada — murmurou. — Você já trouxe desgraça demais.

Como atendendo, o animal voou ganhando o céu escuro.

Mais tranquilo, Neto continuou até a porta.

Os sapatos velhos gemendo por cima da brita espalhada. No chão, muito lixo jogado, papéis, chinelos torados, restos de fugas, restos de roupas, plástico, basculho velho, não recolhido, esquecido, não importado.

* * *

— E agora, Padre? — perguntou Maria, desesperada.

— O danado se agoniou. Eu vou entrar atrás dele. Estou armado, acontecendo alguma coisa, atiro em quem puder e vou dar um jeito de trazer ele de volta.

Entregou as chaves na mão da mulher.

— Se acontecer alguma coisa, Dona Maria, acunhe com o carro pra bem longe daqui.

— Certo! — respondeu a mulher.

— Pra bem longe daqui, pra beira do lajedo. Com a menina. E... a senhora precisa confiar em mim.

— Confio, Padre — disse, com sinceridade.

— Me chama de padre não, eu não sou mais padre.

— Ninguém deixa de ser padre, Júlio.

O homem sorriu.

— Se a gente não voltar, se tudo mais der errado, acelere pra o pre-cipício. Se jogue na garganta do lajedo, tu mais a menina.

Maria não sabia o que dizer.

— Eu sei, eu sei. Confie em mim. Se joguem. Prometa!

Cansada de se prender tanto ao real, Maria apenas sacudiu a cabeça afirmativamente.

* * *

Os muros da fábrica eram cinza, imensos. Em cima, uma floresta de arame farpado reforçava o ar de abandono. Não, não vinha ninguém ali fazia era tempo.

De cada lado, uma guarita observava o chão com atenção.

Na entrada, uma grande porta de metal separava o exterior da entrada.

Lentamente, Neto aproximou-se. Tocou na porta com o máximo de cuidado, como quem teme acordar uma criança.

Tocou no trinco e forçou com cuidado.

Com um gemido velho, a porta se abriu, dando espaço a um enorme pátio vazio. O barulho do vento se fez presente finalmente.

Neto?

O contador de histórias se arrepiou, sentindo os pelos da nuca se eriçarem. Em um segundo, virou-se, apontou a arma engatilhada e, por pouco, não matou Júlio.

— Você tá ficando doido? — Neto disse, por entre suspiros fundos.

— Doido tava você, rapaz, que história é essa de sair correndo sozinho pra dentro da fábrica?

— Sei lá! Mas isso é besteira. A porta tava aberta. Esse lugar tá abandonado.

Júlio franziu a testa.

— Sei não, Neto, tá fácil demais, esse condenado não dá ponto sem nó!

— Seja o que for, tamos armados.

— Você ainda não disse o que viemos fazer aqui dentro, o que viemos buscar!

— Nem vou dizer, meu amigo, não posso. Confiei em você esse tempo todo, preciso que agora confie em mim.

O padre sacudiu a cabeça, aceitando.

Neto seguia procurando por algo, com atenção.

— Me ajuda, Júlio! Preciso de algum pedaço de ferro, madeira firme, alguma coisa pra escavar.

— Escavar? O chão?

— A parede, preciso abrir um buraco nessa parede!

Desistindo de entender, Júlio iniciou a busca da ferramenta improvisada. Acabou por encontrar um pedaço de ferro jogado perto de um monturo.

— Isso aqui serve?

— Vai ter que servir.

Neto tomou pra si o ferro e voltou pra perto da porta.

Contou os sete palmos pra esquerda e pra cima, desde o chão, conforme o sonho.

E golpeou com força a parede da fábrica.

Uma vez. Duas. Cinco. Dez!

A barra de ferro tremendo em suas mãos, a vibração lhe sacudindo cada fibra dos dedos, sendo sentida até mesmo nos dentes trincados.

— Condenado! A gente tá perdido, Júlio, a gente se fudeu!

— Isso é concreto, Neto, muro de fábrica, você não vai conseguir machucar com esse ferro não!

O ferro tilintou no chão vazio. Neto se sentou, com as mãos na cabeça

— Eu preciso abrir um buraco na parede da fábrica, Júlio.

O rosto do padre se iluminou.

— Essa não é a parede da fábrica!

* * *

Atenta ao rosto da mulher, Nininha não precisou adivinhar os seus pensamentos.

— Vai dar tudo certo, Dona Maria — disse, enquanto lhe segurava a mão.

A mulher sorriu.

— Vai sim. Você tá melhor? — perguntou, já checando a ferida, que na verdade não parecia muito bem.

— Tá doendo.

— Eu sei, mas seja forte, minha filha, chegando em algum lugar a gente trata ela mais direito.

— Nunca fiquei assim.

— Assim como? — perguntou Maria.

— Doente assim. Fiquei doente, mas depois ficava... não sentia.

— Você tá livre do seu fardo, menina, agora você é gente de novo. E gente se fere, se machuca.

— E morre?

— Sim.

— Vai dar tudo certo, Dona Maria?

— Vai ter que dar, Nininha. Vai ter que dar.

* * *

— Como assim? — perguntou Neto.

— Venha comigo.

Instigado pela esperança, Júlio saiu correndo na frente, em direção a uma casinha acanhada, trazendo na mão o ferro.

— Danado é isso, Júlio, a porta é ali! — disse Neto, confuso.

— Aquela é a porta nova, a do muro. Foi feita depois que tudo cresceu. A fábrica começou aqui — disse, apontando pra porta de madeira, carcomida pelo tempo. — A porta é essa.

Neto aproximou-se e forçou. Estava aberta, mas resistia.

— Tá emperrada.

— Ninguém deve vir aqui faz anos.

— Faste.

Neto pegou distância e se lançou pra cima da porta, que se desmontou com alguma facilidade.

O cheiro foi como um golpe firme, certeiro. A mistura ocre de podridão e poeira rapidamente tomou o lugar.

— Meu Deus, deve ter morrido bicho aqui — disse o padre.

— Sei não, nem quero saber, a essa altura eu não quero saber mais é de nada desse lugar. É pegar o que é meu e ir embora daqui.

Com cuidado, Neto aproximou-se da porta. A casa velha pegava emprestada a luz da lua que se espalhava cautelosa pelo cômodo.

Por dentro era um mundaréu de cadeiras velhas e quebradas, sacos com copos plásticos, pilhas de máscaras ainda fechadas de um outro tempo.

— Parece um tipo de depósito — disse Júlio, mais pra si.

Sete palmos, contou Neto. E mais sete na parede.

— Me dê aqui o ferro — pediu a Júlio.

E golpeou com toda a força de quem tá prestes a se salvar.

Ao contrário da outra, a parede respondeu.

E respondeu como se também fosse libertada, cuspindo areia e restos de um cimento velho, como se agradecesse uma benção.

Neto bateu com força outras vezes, e a cada pancada a parede cantava junto com o ferro, cobrindo o contador de histórias de esperança e pó.

Até que se pôde ver alguma coisa enganchada nela.

— Tem alguma coisa aí, Neto. Dê com mais força! — dizia Júlio, com uma felicidade genuína lhe tomando o peito.

O vaso de barro, preso ainda. Longe dos olhos do padre.

E Neto golpeou ainda outras vezes, até que a parede fosse como um buraco grande escavado, até que fosse possível retirar a botija em busca do seu tesouro.

Neto.

— Júlio? — perguntou o contador de histórias, confundido com a voz que acabara de ouvir.

— Por que parou, rapaz, o que foi que aconteceu? Tá ali, ande! — disse o padre.

Sou eu, a sua mãe.

Neto baixou o ferro.

— Mãe?

No meio da escuridão, o homem cheio de poeira apertava os olhos, adivinhando no meio do breu as formas da mulher que nunca chegou a conhecer.

A avareza cobra o seu preço, meu filho. Mais cedo ou mais tarde. O seu avô...

— A senhora sabe onde ele está? — perguntou o rapaz, menino agora, de olhos marejados.

Perdido. Perdido de vez. O seu avô perdeu o que Deus deu a ele, o que Nosso Senhor dá a todos nós, em uma mesa de carta.

— Como assim?

Seu Trancoso apostou o que não se vende. E perdeu, meu filho. Agora está condenado pra sempre.

— É mentira! — disse Neto, enxugando as lágrimas!

Acostumado que sempre foi com histórias, apostou outra alma em troca da dele, menino. Uma mais jovem e cheia de luz!

— Que danado é isso, Neto, tá, falando com quem? — perguntou Júlio, já em pânico.

A SUA!

Num segundo, a mulher transformou-se. Como se sempre tivesse sido, levantou-se ali bem diante de Neto, a porca da sua infância, erguendo-se nas patas traseiras como uma pessoa de carne e osso!

O ferro tilintou no chão e o contador de histórias não teve forças pra correr.

E finalmente desistiu.

Ou quase, pois naquele momento de agonia, acabou por lembrar-se de uma das mais conhecidas histórias do seu avô.

Botija nunca fica desguarnecida. Sempre há de ter um diabinho lá pra comer o juízo da gente. Aparecendo o condenado, faça ouvidos moucos. Ele vai ficar danado e partir pra cima. Aí é mais do que rápido virar do avesso a roupa que estiver usando e jogar em cima!

E foi o que Neto fez, fechou os olhos, tirou o casaco mais do que depressa e jogou pra cima do bicho!

Num instante se fez um pipoco maior do mundo e o casaco caiu no chão, vazio, enquanto o cheiro de enxofre tomava de conta da casinha.

— Danado foi isso, Neto? — perguntou o padre, ofegante de tanto chamar.

— Você não queira nem saber, Júlio, você não queria nem saber — Neto respondeu, enquanto sacudia a poeira do casaco, apanhado de volta do chão.

— Agora eu entendi... — disse o padre, hipnotizado pelo vaso de barro que descobria preso à parede!

— Era uma botija, eu não poderia contar pra você!

— Senão ela desaparecia.

— O tesouro virava carvão!

Sem aviso, Neto deu mais um golpe firme no vaso que se quebrou em tantos pedaços quanto foi a vontade de sair dali.

E mais uma vez o peito de Neto se apertou.

— Cadê o tesouro? — perguntou o padre, surpreso.

Era um mundaréu de folhas, com o timbre da rádio em que Seu Trancoso trabalhou.

— A gente se lascou tanto por uma ruma de papel? — perguntou Júlio, incrédulo.

Com dificuldade, Neto tentou ler a alguma coisa.

— São as histórias. As histórias que o meu avô contava.

Júlio não tinha o que dizer!

— Pois vamos embora, Neto. Deixe isso aí e vamos tomar o nosso rumo, já nos arriscamos demais por aqui.

Mas alguma coisa se enroscava por dentro da cabeça de Neto.

— Meu avô não ia fazer isso não, Júlio. Vou guardar nem que seja como uma lembrança.

Pegou as inúmeras folhas escritas com a caligrafia do avô e dobrou do jeito que deu, dentro do casaco.

Ainda matutando o que tinha acontecido, ganharam a porta afora.

— Agora é seguir, meu amigo.

— Pra onde, Júlio, pra onde?

Antes que pudessem responder, foram surpreendidos pelo chiado dos refletores da fábrica se acendendo, tornando em dia aquela noite escurecida.

Um dia ainda mais assustador.

Da guarita, uma criança. Ao seu lado, uma moça.

No chão, próximos, uma quantidade indizível de pessoas com uma fúria cega no olhar baço.

— É chegada a hora, meus irmãos, Deus ajuda quem vive na retidão! Os invasores profanaram o nosso local sagrado e agora vão pagar o preço. Que se cumpra!

E a multidão, armada de paus, pedras e muita fúria, tomou corpo pra cima dos dois.

A frente deles, Seu Trancoso.

PARTE 3

O DESTINO

Corra não pare
Não pense demais
Repare essas velas no cais
Que a vida é cigana
GERALDO AZEVEDO

Sentado no alpendre, Seu Trancoso tomava a sua cachacinha enquanto via a lua grande muito bem deitada no céu.

No ar, só a zuada gostosa dos sapos lá pro lado do açude.

Em sua frente, Maria, incrédula, cruzava os braços.

— Eu sabia que você não ia acreditar em mim.

— Você vive de contar histórias na casa do povo, Trancoso, como quer que eu acredite em você? — perguntava a mulher.

— Eu não espero que você acredite, Maria, só peço que você jure.

Maria lhe pegou das mãos o copo vazio.

— Pois eu ando jurando que você tá tomando demais dessa água aqui, viu? Já anda aí, todo inchado, vermelho.

— Jure, Maria, em nome do que a gente viveu. Preciso que você jure pra mim, pra eu morrer em paz! — disse, com veemência, enquanto segurava a mulher pelo braço.

A mulher soltou-se em uma firme sacudida.

— Que história é, essa, rapaz, tá ficando doido, Trancoso? — sussurrou, enquanto olhava pros lados. — Essa história da gente, coisa de que eu me arrependo muito, é coisa antiga, anda morta e enterrada! E se você quiser desfrutar pelo menos da minha amizade esqueça esse assunto!

Trancoso ficou cabisbaixo, mas Maria não se calou.

— História de pacto com o Diabo, rapaz, isso lá existe, Trancoso?

— E a porca? — perguntou.

Maria calou-se.

— Você viu a porca. Ou não viu?

— É diferente.

— É não. Tudo coisa de outro mundo.

— E pra quê danado você quer que eu entregue bilhete pra Neto? Tu não tá com ele sempre? Tu mermo entrega!

— Não é hora. Ainda não — respondeu Trancoso, contrariado.

— Apois amanhã tu entrega.

Trancoso bufou.

— Ainda não, Maria. A agonia maior ainda tá por vir. Essa carta é pra depois, quando a paz tomar de conta.

— E eu danado sei o que é paz, Trancoso? Será que eu vou reconhecer essa paz quando eu encontrar?

— Vai. Ora se vai — respondeu o velho, com os olhos firmes nos da mulher.

Maria passou a mão pela cabeça. Sabia que com Trancoso não tinha jeito.

— Pronto, se é pra você deixar de tirar o meu juízo, tá feita a promessa!

O rosto do homem se iluminou.

— Muito agradecido, Maria. Você ajudou a salvar uma alma: a do meu neto.

O homem sentou-se e puxou Maria para perto de si.

— Vão vir me buscar, não sei quando, mas vão. O Diabo é ardiloso, e eu já usufruí bem mais do que a minha parte permite. O menino não pode ficar desamparado. Vou deixar ele com o terço pendurado no pescoço. Você vai saber. Pelo terço.

— Tá bom, Trancoso, agora vá se deitar.

Antes que pudesse ir embora, Maria sentiu sua mão sendo puxada, desta vez com delicadeza.

E amor.

— Eu amo tu, minha nêga. Amo não só por isso, mas também por isso. Uma chaga que me dói pra sempre no coração é a gente não ter ficado junto.

Maria sorriu, orgulhosa pro dentro.

— Me prometa só mais uma coisa, Maria. Que quando Tião não tiver mais aqui, você vai seguir a sua vida na merma hora. Sem olhar pra trás.

— Vá dormir, Trancoso, você tá é bebo já — desconversou a mulher. Não gostava nada desse assunto.

A mulher respirou fundo e foi se deitar, enxugando as lágrimas que teimavam em desabar dos olhos.

— *Que foi, Dona Maria?*

— Nadinha, minha filha, nadinha — respondeu a mulher, disfarçando o choro. — Coisa de velha besta.

Antes que pudesse fechar a boca, as duas foram surpreendidas pela luz que tomou a fábrica.

— Vailha-me, Deus! — disse Nininha.

— Minha filha, se tranque dentro desse carro e não abra pra seu ninguém! — disse Maria, já engatilhando a espingarda e batendo a porta do carro.

— Dona Maria, tu vai pra onde? Não me deixe aqui sozinha não! Dona Maria!

Mas Nininha já gritava pra ninguém.

* * *

Angustiado, Neto sentia como o peso de um bacurim por cima do seu peito. Pior não era, jurava, o medo de morrer, a incerteza, pior era o seu avô ali, perdido dentro de outro corpo, vindo pra cima de si como quem não lhe conhecesse, como quem lhe odiasse.

— Neto, atire, atire! — berrava Júlio.

Desperto, Neto engatilhou a arma e atirou nos que pôde, e foram caindo os que foram atingidos, porque a bem da verdade nem todos eram jovens, e muitos eram lentos.

O contador de histórias sentiu um aperto no coração ao perceber que matava gente de verdade, como as pessoas com as quais tinha convivido a vida inteira. Mas não havia tempo, era o tempo que não se tinha, pensou, ao sentir a primeira pedrada que lhe atordoou.

— Neto, você tá bem? — perguntou Júlio, de costas pra si e atirando nos que conseguia.

— A gente não vai conseguir segurar eles — disse Neto.

— Não vamos precisar.

Júlio correu pra perto da casa, e só ali Neto notou a escada mais moderna, dobrável, chumbada ao lado da parede.

Correram como puderem atirando em alguns, afastando outros, até alcançaram os degraus improvisados e os subirem com agilidade.

Neto foi o primeiro, alcançou o teto da casa e puxou Júlio pela mão.

Mas um deles, Biu, ainda relembrando o aperreio com a esposa doente, conseguiu segurar o padre pela perna e o puxou com a força que tinha, derrubando o então sacerdote no chão seco de poeira.

— Júlio! Suba! — disse Neto, enquanto atirava de cima as últimas poucas balas que ainda tinha.

Preso naquele mar de gente, o padre acotovelou-se com os que pôde. Com muito esforço, conseguiu jogar o acesso da escada pra cima, fechando a barragem daquela fuga.

Neto ficou sem entender.

O padre lhe olhou nos olhos, mostrando o cotovelo já infeccionado, preto como carvão.

— A menina me pegou, Neto. Siga em frente, meu amigo, faça por mim, mas, acima de tudo, faça por você.

E num minuto, como se sempre tivesse sido, o padre virou-se, bem ali na frente de todo mundo, alimentado pela luz alva da lua grande.

As mãos cresceram em garras enquanto as pernas de trás se rasgaram em patas de cavalo, os pés se fechando em cascos; a boca em um enorme focinho de cachorro que babava, ávido.

— Não! — gritou o Inocente, de cima da guarita.

E o bicho, tomado de fúria, mastigava ossos, pisoteava cabeças, atravessava aquele mar de gente como quem cruza um riacho fino.

De cima da casa, Neto sentia uma dor funda a lhe atravessar o peito. Aquela gente andava sendo sacrificada.

— O mal em pessoa surgiu pra testar vocês! Não o deixem passar!

O bicho transformado partia cego pra cima das pessoas, mas chegou um momento que eram tantos, que a massa não poderia ser mais contida. Escorregando no mar de sangue, o que foi um dia padre Júlio já amargava a limitação em seu próprio corpo, já roto, alquebrado.

— Vocês são maiores que o mal, meus amigos. Ele não deve triunfar — berrava o Inocente, maldoso.

E o tiro veio.

Ninguém soube de onde, até então.

Mas certeiro, pegou o Inocente mesmo na perna.

O grito seco rasgou a noite e acabou tomando a atenção da turba, que restou imóvel.

Sem as ordens do líder, não sabiam o que fazer.

Gritando, o menino segurava a perna despedaçada. Ao seu lado, uma mulher apertava o jorro de sangue, enquanto tentava ver de onde viera a bala.

— Aja, mulher, faça alguma coisa! — berrava a criança.

Mas não houve tempo, porque uma outra voz se projetou por dentro da noite.

— Meus amigos!

Era Maria, ainda segurando a espingarda fumegante.

— Sei que vocês ainda estão por aí, minha gente. Sei disso porque vocês também me conhecem.

— Cale-se! Não escute, meu rebanho, ela fala pela boca do mal! — gritava o menino, já não tão pequeno.

Maria, porém, não recuou.

— Biu, eu acompanhei todo o seu aperreio com Da Luz, meu amigo. Dito, eu fiz você nascer junto com Donana, rapaz!

E a cada palavra da boca de Maria, um nó se desatava no olho daquele povo, que parecia, pouco a pouco, voltar a ser gente.

— Geraldo, quanto a gente não conversou quando você mais comade Maria perderam o menino de vocês? Eu sempre acreditei na história que vocês contaram, sempre!

E ali já não havia ódio, rancor, apenas uma confusa lembrança tomando a cabeça do povo devagar, como a gente bebendo de uma xícara de café quente demais.

— Clarinha!

E a moça sentiu o peito se apertar.

— Eu sou testemunha, mulher, do amor que a sua mãe teve por você!

Ajoelhado no chão, o Inocente já não era menino e sim um rapaz, que teimava em se levantar mesmo com a perna machucada, pingando um líquido amarelado e imundo.

— Essa mulher é o mal, não a ouçam, não se vendam! — gritava a voz masculina.

Ainda dolorido, o bicho que foi Júlio rapidamente se curava, pleno que andava da maldição adquirida há pouco. Por instinto, atocaiou-se, aguardando atento o desenrolar dos fatos.

— Cale a boca, mulher! — gritava o agora velho, que de Inocente, em verdade, já não tinha nada. — Reajam, meus filhos, ceguem a essa imagem!

E acostumada que estava, a horda seguiu em direção à Maria, junta, firme, decidida.

Respirando fundo, a mulher apontou a espingarda.

E rezou.

— Não, condenado, cale a boca você! — disse o velho Trancoso, tomando a frente do povo. — Eu me arrependo de muita coisa que fiz nessa minha vida, mas eu nunca fui de fugir das minhas responsabilidades. Leve a minha alma, mas deixe esse povo e o meu neto em paz.

— Nunca! — gritou a criatura. — Eu já andava por aqui quando esse mundo era novo, seu empesteado. Lhe foi dada a escolha numa mesa de carteado e você tomou a sua decisão. Cumprimos a nossa parte, agora você cumprirá também. A alma dele pela sua. Esse foi o trato.

Em cima da casa, Neto tremia, desesperado.

— Não, eu trouxe meu menino até aqui pra acabar com você e libertar essa gente! E é isso que vai ser feito nessa noite!

— Jamais, homem — disse o Inocente de novo, fortalecido —, do destino ninguém foge!

— Foge não, seu peste, foge nada! — disse Clarinha.

E segurou com firmeza as têmporas da criança.

O grito do Inocente tomou o céu da noite clara, enquanto ele sentia as memórias, as lembranças, a vida roubada de cada um ali, se esvair por entre o seu juízo, se derramar pelas mãos frias de Clarinha, a preencher agora o juízo da mulher.

Em pouco tempo o menino cresceu, afinal, tornando ali homem, as feições se estirando em direção a rugas, se derretendo em uma velhice imediata, que logo também derramou-se em um pó que não tardou em voar, arrastado pelo vento da noite.

— Meu rebanho — disse Clarinha com firmeza. — Convido todos a olharem pra frente. Um novo tempo se avizinha.

* * *

Lá fora, a noite já se despedia e um amanhecer dourado tomava o seu lugar. O fusca se afastando, corria como nunca antes.

No banco de trás do carro, Maria apertava Nininha com firmeza enquanto rezava em silêncio.

— E agora, Neto? Pra onde a gente vai?

— Eu ainda não sei, Maria, mas a gente precisa sair daqui agora, antes que amanheça.

— E Júlio?

Neto não tinha o que responder, ter deixado o amigo pra trás era uma chaga profunda que lhe aperreava o juízo.

— Júlio não ia querer que a gente se arriscasse por ele — disse, também para si.

— Eu tô com medo, Dona Maria — disse Nininha, entre lágrimas.

— Se acalme, mulher, vai dar tudo certo.

Antes que pudesse pensar em algo, Neto fincou os pés no freio, fazendo o fusca rodar na estrada de terra.

— O que foi? Por que você parou? — perguntou Maria.

Mas se calou ao notar mesmo em frente, as três irmãs. Agora bem maiores, grotescas, ladeadas, já não precisavam se esconder. Em suas mãos, traziam o que lhes pertenciam desde que o mundo era mundo.

O fio da vida.

Tecido, cuidado e cortado.

— Nos deixem passar — gritou Neto, já fora do carro.

A risada das mulheres ecoou dentro da cabeça e se espalhou pelo lajedo.

— Do destino ninguém foge, Trancoso Neto — disse a primeira.

— O traço do seu fio se embolou sim — disse a segunda.

— Mas sua sina se cumpriu e ele vai ser cortado é agora — disse a terceira, já erguendo a tesoura prateada que encandeou a vista de Neto.

As lâminas rasparam o tecido do fio, e Neto sentiu como uma fisgada a lhe atravessar o coração.

A vista foi escurecendo à medida que a luz do sol amarelava o horizonte.

Caído de joelhos, Neto agradeceu em silêncio pela oportunidade de ter salvo aquelas pessoas.

Maria.

Nininha.

Júlio.

E Seu Trancoso.

O ventou sacudiu o casaco aberto, as folhas se agitaram no ar.

E Neto lembrou-se.

— Mais uma história! — sofregou, num último suspiro.

— Já não há tempo para histórias — disse a terceira. — O seu destino se cumpriu.

— Não! — gritou Neto. — A minha sina é contar histórias, e é o que vou fazer.

— Já não nos interessa mais.

— O Inocente roubou a vida dessa gente, passou por cima de vocês quando decidiu o destino dessas pessoas e tomou pra si a vida de cada um. Já não há mais histórias no povoado.

As mulheres se calaram.

A terceira parou a tesoura, e Neto suspirou aliviado.

— As histórias já não são contadas, mas podem ser retomadas com vocês, aqui, pra sempre.

Confusa, a primeira quis saber mais.

— Tá aqui a vida dessa gente — disse Neto, mostrando as folhas de papel amareladas. — O que sobrou do povoado, o que o Inocente não conseguiu roubar. Vocês não precisam mais de mim, não precisam de mais ninguém. Nos deixem passar, e as histórias serão suas.

— Não nos interessa, Trancoso Neto. Ninguém mais quer saber de histórias — disse a terceira, decidida.

E a tesoura se fechou firme por cima do fio da vida de Neto.

Sentindo no coração o sopapo, o rapaz caiu de joelhos no chão, sentindo o calor das pedrinhas que lhe feriram pela última vez as carnes duras.

E lembrou-se do açude, do sol no juízo, dos peitos de Maria, do avô contando histórias.

Pela última vez, lembrou-se do circo, de Margarida voando por cima do picadeiro, dos panos coloridos.

Lembrou-se de Júlio e da porca.

Foi quando se viu novamente em pé.

Em frente a si, a primeira enrolava um outro fio nas duas partes cortadas pela terceira.

— Não, irmã. Eu me importo com as histórias!

Esperto, Neto pegou as folhas com as duas mãos e lançou ao vento.

— Peguem, irmãs, peguem! As histórias são suas!

As folhas voaram decididas por cima das irmãs que tentavam apanhá-las, mas o vento andava forte e as folhas eram finas e velhas, e seguiram o seu próprio destino, cada vez mais longe.

Cada vez mais longe.

Enquanto o contator de histórias se bandeou pra dentro do carro novamente.

Neto girou as chaves com firmeza, mas o fusca não respondeu.

— E agora? — disse Maria, lá de dentro.

— É a gasolina. A gente não tem tempo, precisamos atravessar antes que amanheça. — Neto abriu a porta a ela.

E correram os três, afinal, em aposta com os raios do sol.

Pra bem longe do povoado.

MÁRCIO BENJAMIN

SINA

EPÍLOGO

— Mulher, vá descansar — disse Neto.

Maria sorriu.

— Descanso quando eu morrer, menino. Além do mais, eu gosto de ficar fazendo as coisas. Desanuvia a cabeça da gente, evita de ficar pensando besteira.

Neto riu.

— Entendo demais.

— Conseguiu dar um jeito na caminhonete?

— Consegui sim. Cadê o casaco de voinho?

— Secando. Dei uma lavada nele, tava podre — disse a mulher, com um intenso sentimento de paz lhe acalmando o peito. E estendeu a Neto uma folha de papel com o timbre de uma rádio.

— Ficou uma história? — perguntou Neto.

— É uma carta. Do seu avô.

Tremendo, Neto abriu a folha.

Neto,

Nem sei mais como a pessoa começa uma carta.

Primeiro, talvez, pedindo desculpas por tudo de ruim que você foi obrigado a passar, mas quero que saiba que a minha intenção foi sempre proteger você, sempre.

Não me orgulho de muita coisa que fiz, mas estou decidido agora a assumir de uma vez por todas as minhas responsabilidades.

Ajudei quem pude na cidade, no fim de tudo, mas precisei sair dali.

A lembrança do Inocente ainda era muito forte.

E eu não confio naquela mulher que ficou, confio nada.

O pacto, desse não tenho como fugir, mas como foi dito, só preciso cumprir minha parte quando eu morrer, coisa que pretendo fazer demorar a acontecer.

Júlio me ajudou e muito.

Encontrei ele perdido lá perto da entrada da cidade, dentro de um fusca deixado por vocês.

A gente conseguiu sair de lá, meu neto.

O doido se jogou comigo pelo lajedo, tu acredita?

E conseguimos voltar pra bem antes.

Tendo vivido o futuro, eu consegui refazer meu passado.

Isso explica muito, mas não tudo.

Se bem que você não se importa muito com explicações, pelo que me lembro, né não?

Siga sua vida, meu neto querido, espalhe histórias e lembre-se: elas criam mundos.

Com amor,

Zé Trancoso

P.S. — Mande um cheiro nos peitos de Maria. E diga que as histórias dela salvaram a minha vida.

Emocionado, Neto segurava a carta.

Atenta, Maria lhe sorria.

— Ele tá bem — disse, lhe adivinhando os pensamentos. — Mandou lembranças pra você.

Constrangida, Maria levantou-se.

— Vou ali ver como tá a menina.

— Tá certo — disse Neto, sorridente.

Maria veio com cuidado. Atravessou rapidamente a kitnet alugada com as economias dela e de Neto, azeitadas com a venda do terço de brilhantes.

— Nininha — disse, abrindo a porta. — Venha simbora jantar.

— Vou já, voinha. Só terminando aqui o programa — respondeu a menina, sem tirar os olhos do celular.

— Fique muito tempo aí não que estraga a vista.

A menina não respondeu, voltou a baixar os olhos pra tela.

Na tela do aparelho, presente de Neto, uma moça sorridente apresentava o seu programa assistido por um rebanho de crianças no mundo todo.

A mulher trazia uma voz doce e cálidos olhos grandes, pretos.

Inocentes.

Agradeço a meu esposo Sid Schneider pelo apoio
incondicional. Te amo!

Agradeço a minha avó, Dona Maria, por ter me
mostrado o mundo das histórias de malassombro.

E agradeço a você que está lendo por me permitir
te guiar por essas sombras assustadoras.

MÁRCIO BENJAMIN nasceu em Natal (RN), em 1980. Autor de romances, roteiros e livros de contos de horror rural e folclóricos (*Maldito Sertão*, *Fome* e *Agouro*), também já se aventurou no teatro (*Hippie-Drive*, *Flores de Plástico*, *Ultraje*) e trabalha como advogado. Figura constante em projetos do Sesc (Arte da Palavra, Mostra Sesc de Culturas, Mostra Sesc Carri, Flipelô), participou de eventos nacionais como a Bienal do Livro do Ceará e de Recife, e internacionais, como a Primavera Literária de Paris e Nova York e a Feira do Livro de Paris. Márcio também é roteirista de séries, curtas-metragens e longas-metragens. Ganhador dos Prêmios Moacy Cirne de Ficção de 2019 e do Prêmio Odisseia de Literatura Fantástica Narrativa Curta de Horror 2020, tem seu primeiro livro com a DarkSide® Books, *Sina*, publicado em 2022.

SHIKO é ilustrador, grafiteiro, roteirista, diretor de curta-metragem e autor de quadrinhos, nascido e criado no sertão paraibano. Já expôs em galerias de Portugal, Itália, Holanda, França e Brasil. Como autor de quadrinhos produziu *Marginal Zine, Blue Note*, *O Quinze*, adaptação do romance de Rachel de Queiroz. Em 2013, publicou pelo projeto Graphic MSP a HQ *Piteco: Ingá* e lançou *O Azul Indiferente do Céu*, pelos quais recebeu os prêmios Angelo Agostini e HQMIX de Melhor Desenhista 2014, além do HQMIX de Melhor Álbum de Terror/Aventura/Fantasia. Voltou a receber esse prêmio em 2015 pela HQ *Lavagem*. Em 2019, lançou o quadrinho *Três Buracos*. Suas obras mais recentes são *Carniça e a Blindagem Mística – É Bonito Meu Punhal* (2020) e *Carniça e a Blindagem Mística Parte 2 – A Tutela do Oculto* (2021). Saiba mais em instagram.com/chicoshiko.

DARKSIDE

"Voar até a mais alta árvore
Sem medo, brilhante, iluminado
Cantando o que quer dizer."
— MARIA BETHÂNIA (PÁSSARO PROIBIDO) —

DARKSIDEBOOKS.COM